자연과 예술의 섬, 제주에서

자연과 예술의 섬, 제주에서

1판 1쇄 발행 | 2023년 5월 15일

지은이 | 김영중
발행인 | 이선우
펴낸곳 | 도서출판 선우미디어
　　　　　등록 | 1997. 8. 7 제305-2014-000020
　　　　　02643 서울시 동대문구 장한로12길 40, 101동 203호
　　　　　☎ 2272-3351, 3352 팩스: 2272-5540
　　　　　sunwoome@hanmail.net
　　　　　Printed in Korea ⓒ 2023, 김영중

값 13,000원

ISBN 978-89-5658-731-8 03810

자연과 예술의 섬,
제주에서

-이민 50년 재미작가 제주 체험 스토리

김영중 에세이

선우미디어 sunwoomedia

작가의 말

2021년에 선우명수필 ≪고향하늘≫이 출간되었을 때 내 생애에 또다시 책 출판의 기회는 없을 것이라고 생각했었다. 그런데 2년 후, 다시 책을 출간하게 되어 이는 분명 하늘의 은혜임에 감사하고 감사한다.

문학 행사가 있어 한국을 방문했고 제주로 이주한 딸네 집을 방문했었다. 혈육과의 만남은 행복했으나 사람의 미래는 늘 예상하기 어려운 모습으로 다가온다. 아침에 잠이 깨었는데 침대에서 일어날 수가 없었다. 병원을 다녀왔다. 내 몸이 하룻밤 사이에 목디스크, 허리디스크 등 디스크의 반란으로 탈이 난 것이다. 의사 선생님은 그동안 건강한 몸이었다는 것이 기적이라고 하면서 세월이 주는 선물이니 치료를 받으며 아픈 몸과 친구처럼 지내야 한다고 하셨다.

치료를 위해 제주살이가 시작되었고, 어느새 1년의 세월이 지났다. 낯선 환경, 외로움 속에서 하루하루 살아가는 날이 쌓이면서 견디기 어려웠던 생활 속에 체험한 것들을 한 줄 한 줄 적어 놓았다. 내 삶의 흔적들을 기록한 글들이다. 문학은 내 삶에 버팀목이었고 위로였음에 감사하며, 반딧불 같은 빛을 발하는 책이면 좋겠다.

환경에 적응하는 것이 사람이기에 나 역시 제주 생활 1년에 낯설었던 많은 것들이 익숙해졌다. 지금은 자연과 예술의 섬, 제주에 매료되었다.

축하 글을 써주신 우한용 교수님, 어려운 출판 현실임에도 마다하지 않고 따뜻한 마음과 정으로 책을 출간해 준 이선우 대표와 선우미디어 관계자 선생님들, 효심을 다해 주는 가족들의 고마움에 뜨거운 마음으로 인사를 올린다.

2023년, 4월 서귀포에서
저자 김영중

차례

2부 자연에서 신을 노래하다

3부 돌담을 따라 걷다

1부

세한도를 보았다

숲속 길, 화살표를 따라

노년기의 길로 들어서고 있었으나, 나는 특별한 운동은 하지 않았다. 노인들에게 좋은 건강 유지법은 꾸준히 가벼운 운동을 해야 한다는데 그리지는 않았다. 그 대신 나는 규칙적인 생활과 내가 좋아하는 일에 열중하는 것으로 건강을 유지하고 있었다. 다시 말하면 정신적인 건강한 작업의 즐거움에서 육체적인 건강을 유지하는 생활을 계속해 왔다.

그런 내가 집을 떠나니 새 길을 걷게 된 것이다. 사방이 숲으로 둘러싸인 자연 친환경적인 동네에서 지내는 동안 고요한 행복을 느끼기는 했으나 좀 적적하고 좀 쓸쓸하고 좀 외로운 생활 속에서 생기를 잃어가며 세상과 단절되는 침체감이 들었다. 노년기는 인생의 다른 시기와 비교할 때, 어느 때보다 한가로움을 느끼게 되는 시기이긴 하나 이 한가로움에서 벗어나야 한다는 생각이 들었다. 사람은 에너지로 이루어진 생명체이기에 자연 친환경적인 삶이 가져다주는 에너지를 받아야 생기 있게 살 수 있다는 마음에 자연 친화적인 라이프 스타일로 바꾸고 싶었다. 현재 내가 놓여 있는 자리에서 쉽게 할 수 있는 행동은 주변의 숲길을 걷는 일이었다.

나는 매일 숲속 길 화살표를 따라 걸었다. 숲속은 엄숙하면서도 인자했다. 우거진 녹음과 새소리를 들으며 맑은 공기, 청량한 물소리, 싱그러운 풀 냄새를 느끼며 흙을 밟을 수 있는 곳에서 나는 자연과 교감했다. 자연은 인간에게 무한한 사랑과 축복의 에너지를 보내준다.

나는 인생을 살아오면서 많은 사람과 사귀기도 하고 멀어지기도 했다. 사람과 사람 사이에 관계 맺음은 서로의 상황과 환경, 생각, 감정이라는 여러 가지 변수로 인해 마음대로 되지 않는 경향이 있어 상처가 되기도 하고 사랑과 증오 두 형태로 나타나기도 한다. 숲길을 대하는 내 마음에는 정신이 고요하게 진정되는 편안함을 주며 깊은 반성과 사색을 준다. 도시 생활에서

분산되어 잃어버린 나를 찾는 느낌, 나를 인식하게 되고 나를 뚜렷하게 보게 하며 나의 존재, 나의 생존을 실감하게 된다.

화살표를 따라 숲속 길을 걷는 한 걸음 한 걸음이 수고이면서 기쁨이 되는 체험이었고, 걷는 일은 움직이는 세상을 움직이면서 느끼는 것이었다.

집을 떠나 만난 새길, 숲속 길을 걷고 걸으며 알게 된 것은 우리 인간은 잠시 머물다 갈 뿐, 이 땅의 진정한 주인은 바로 자연이라는 것과 지나온 내 삶에 대한 깨달음이었다. 성경에 나오는 나는 길이요, 진리요, 생명이라는 말의 뜻을 알게 된 것이다. 자연을 가까이하는 것은 삶에 영성을 불어넣는 좋은 기회이고 자연 친화적인 삶은 에고를 내려놓는 데 큰 도움을 준다. 길은 사는 방법을 말하고 진리는 말하는 것이 아니고 그 자체가 사는 것이기에 그 핵심은 자기 헌신이다. 절대적 가치라고 생각했던 것도 지나고 보니 그게 아니었다는 것을 알게 된다.

줄이고 버리고 정리하는 간편한 생활 속에서 화목하고 감사한 삶을 살아갈 때, 그것이 인생 최고의 길임을 숲속 길을 걷고 걸으며 체험한 나의 깨우침이다.

섬 속에 섬, 우도를 다녀왔다

2017년 9월 12일에 전달문 시인이 유명을 달리하셨다. 병환이 깊으시다는 소식에 병문안을 갔는데 말씀도 잘하시고 눈빛도 맑아 쾌유를 빌며 병원을 나왔다.

그 후 나는 한국행을 했었다. 한국 체류 중에 전 선배의 부고 소식이 전해 왔다. 충격이 컸다. 떠나시는 마지막 길을 배웅할 수 없는 처지에 있어 애도의 마음뿐이었다.

전 선배와 나는 동시대에 태어나 중앙대 선후배 사이로, 또 이민 문학을 함께한 문우로 인연이 깊다. 문인회 모임에 언제든지 중심자리를 지켜주시던 그 모습이 눈에 선한데 이제는 더 이상 그분을 뵐 수 없게 되었다. 전 선배 영전에 삼가 머리 숙여

명복을 빌며 추모의 글을 쓴다.

근래에 와서는 유명 문인이 작고하면 그 문인의 제자들이나 고향 사람들이 기념사업회를 결성하고 고향에 문학관을 건립하는 경우가 많아졌다. 그것은 그 문인의 업적을 기리고 널리 선양하는 것은 물론, 지자체의 자기 고장을 홍보하자는 의도도 반영하고 있다. 2013년 5월에 제주 출신인 전 선배 역시 고향 사람들의 배려와 제주문화원의 후원으로 우도에 '남훈(전 선배의 호)문학관'이 개관되었다.

내가 제주도에 머무는 동안 우도 섬에는 꼭 가봐야 한다는 어떤 압력이 나를 지배했다. 두 번이나 우도행을 시도했으나 날씨 관계로 배가 출항하지 못해 가질 못했다. 섬의 교통은 일기에 따라 뱃길이 열리기도 하고 닫히기도 한다. 귀가할 날은 다가오는데 우도를 다녀오지 못해서 내 가슴이 조여왔다.

해서 날마다 출항할 날을 기다렸다. 월요일에도 비는 내렸지만, 오후에 해가 나니 출항을 할 수 있다는 희소식이 전해 왔다. 배가 출항하는 날 아침에 제주 문인인 고미선 선생(남훈문학관 대표)과 함께 성산항 터미널에 도착해 우도행 여객선에 승선했다. 여객선은 비를 뚫고 우도로 향했다. 갈매기의 환송을 받으며 배는 비에 젖는 파도를 가른다. 바람도 예사롭지 않았다. 15분 거리의 짧은 뱃길이었다.

우도항에 도착해 섬 땅을 밟았을 때. 먼저 눈에 들어온 것은 '섬 속에 섬, 우도'라는 팻말과 하우목동항 앞에 세워진 〈섬의 입김〉이라는 전 선배의 시비였다. 나는 그 시비를 바라보며 기쁨이 차올랐다. 문학의 혼을 찾으며 한평생을 달려 온 전 선배의 문학의 결실이 이곳에 있었기 때문이었다.

우도 면장님의 환대 속에 차 대접을 받으며 우도에 대한 설명을 들었다. 우도는 제주의 동쪽 끝에 자리한 섬으로 제주도 다음으로 큰 섬이라고 하셨다. 우도는 섬의 모습이 '소가 누워 있는 것 같다.'고 해서 붙여졌다고 했다. 제주특별자치도, 제주시 우도면이라고 하며 2천 명이 거주하는 섬마을이다. 땅콩, 마늘, 소라가 우도의 특산물이고, 우도는 해녀의 고장, 교육열은 높으나 중학교까지만 있어 고등학교나 대학을 진학하려는 학생들은 제주도나 육지로 나가야 하는데 모두 형편이 어려워 진학하는 학생들은 극소수에 불과하다며 터를 잡고 사는 섬사람들의 애환도 이야기하셨지만, 주민은 생활력이 강하다는 말씀도 하셨다.

면장님의 안내를 받으며 '남훈문학관'에 도착했다. 남훈문학관은 망망대해가 보이는 전망 좋은 바닷가 근처 언덕에 있었다. 본래는 주민센터 자리였는데 그 면적이 적지 않았다. 지금은 리모델링 중으로 완성 후에는 섬 문학의 산실로 될 것이라 하셨다. 외형의 건물에는 짙은 녹색과 붉은색 배합으로 페인팅이 되어있어 평화롭게 보였다. 건물 내부는 4개의 관람 시설로 만든다고 하셨다. 그곳에는 '작가와 만남' '작품소개' '문학 카페' '도서실'로 꾸며진다고 했다.

'작가와 만남'은 작가 생애의 작품을 소개하고 육필원고를 비롯해 여러 작품을 전시하는 방, '작품 속으로'에는 대표작을 영상, 음향, 모형 등을 통해 입체적으로 감상하게 하며 학생들이 현장 학습을 하는데 유익하도록 꾸민다고 하셨다. '문학 카페'는 청년 학생들에게 꿈을 심어주기 위해 문학 놀이 수업으로 학생들이 직접 글을 쓰고 작품발표도 하고 독후감도 나누고 회의도 하는 휴식공간으로, '도서실'은 독서공간이자 지식의 스승이 되는 공간으로 문학 강의도 하고 작은 행사도 할 수 있는 방으로 꾸민다고 하셨다. 남훈문학관을 나오면서 남훈문학관이 우도 어린이와 청소년 및 일반 문학 동호인들의 건전한 정서를 함양시키기 위한 정신적인 힘의 원천이 될 것이라는 생각을 하며 문학의 힘, 문학에 감사했다.

모쪼록 '섬 속에 섬, 우도'에 부는 문풍이 문학과 감성이 넘치는 문화예술의 섬이 되기를 기원하며 기약 없이 이별하는 우도 면장님과 감사의 인사를 나누었고, 제주문화원 원장님, 남훈문학관 대표로 열정과 헌신으로 봉사하는 고미선 대표에게 미주 문인의 한 사람으로서 고마운 마음뿐이었다. 외지인의 낯선 시선에 섬사람들의 소박한 인정을 만난 기쁨도 잊을 수가 없다. 제주도를 향해 떠나는 배에 올랐다. 미루어 오던 숙제를 끝낸 후련함과 홀가분한 기분이 들어 행복했다.

비 개인 하늘, 구름 사이로 생시처럼 환한 미소를 띠우며 "어, 김 회장 고마워, 잘 가요." 하는 전 선배의 모습이 보여, 나는 손을 흔드는 마음으로 "네, 선배 나 가요."라며 묵언의 작별 인사를 나누고 돌아온 '섬 속에 섬, 우도'의 추억들을 내 무형 통장에 저축한 기행이었다.

이중섭미술관을 다녀오며

한때는 예술의 불모지이자 변방이었던 제주, 이제는 예술을 품은 보물섬으로 발품을 팔며 찾아가야 할 많은 뮤지엄과 미술관, 박물관들이 있고 예술인 마을도 있다.

내가 제주에 왔을 때 한동안 그림을 그리던 사위가 맨 먼저 나를 안내해 주며 관람케 해준 곳이 '이중섭미술관'이다. 한국 근대 서양화의 거목 이중섭, 한국전쟁 시 서귀포에서 왕성한 창작 활동을 했던 이중섭 화가의 높은 창작 열의와 불멸의 예술성을 후대에 기리고자 건립된 전시관으로 2002년에 개관하여 2004년 제1종 미술관으로 등록되었다고 한다.

관광객들이 가장 많이 찾는 곳이 예술의 향기가 가득한 도시 서귀포에 있는 '이중섭미술관'과 서귀포 홍대 거리라고 불리는 '이중섭거리'라고 한다. 피난 중에 이중섭 가족에게 보금자리를 제공하고 품어 주었던 서귀포시에게 화가가 사후에 인문학적 예술적 향취를 덧입혀 보답한 셈이라고 한다.

미술관 내부로 들어서니 눈에 먼저 띄는 것은 벽 한 면에 걸려있는 황소 그림이었다. 소의 화가라고 불릴 만큼 소를 소재로 한 그림이 많다. 그중 1953년에 그린 대표작 황소 그림이었다. 전시장 내에는 소를 주제로 한 황소, 흰 소 작품 외에도 〈서귀포 추억〉 〈섶섬이 있는 풍경〉 〈그리운 제주도 풍경〉 〈바닷가의 아이들〉 등 제주도를 소재로 한 작품들이 전시되어 있었다. 진품은 은지화, 담뱃값 속 은박지에 그린 그림처럼 작은 사이즈의 그림들이 걸려있었고 유화는 대부분 작품이 복제품이라고 한다.

그는 죽기 전까지 300여 점의 은지화를 남겼다고 한다. 은지화는 한국인 화가 작품 가운데 유일하게 MOMA(뉴욕 현대 미술관)에 소장된 작품이라고 한다. 그야말로 전쟁의 폐허에서 탄생시킨 새로운 미학이다.

이중섭은 한국에서 반 고흐와 같은 화가라고 한다. 그는 보들레르와 릴케의 시를 즐겨 암송했고 당시로서는 파격적인 일본 여성과 국제결혼까지 감행한 화가다. 부잣집 유학생에서 무연고 노숙인까지의 삶, 가난과 가족 이산의 아픔, 영양실조, 전쟁 후유증인 정신 질환으로 청춘의 나이 40세에 요절한 비운의 천재 화가이다. 우리네 인생은 미래를 예상하기 어려운 삶의 모습이라는 것을 한 개인의 삶을 통해 다시 생각하게 한다.

그의 그림들은 고통을 예술로 승화시킨 작품들이다. 모든 것을 잃고 난민이 된 빈궁 속에서 담배 포장 은박지에 못을 눌러 그림만을 계속 그렸던 난민화가, 그는 무엇을 위해서였을까? 그런 의문에 사로잡히게 만드는 존재가 이중섭 화가가 아닌가 싶다. 이 세상엔 내가 알아낼 수 없는 것들이 참으로 많다, 아마도 그는 그림을 그리지 않으면 살 수 없는 사람이 아니었겠나 내 나름의 해석을 해본다.

미술관 건너편에는 그가 가족과 1951년 1월부터 그해 12월까지 행복하게 살았던 거주지가 그대로 남아 있어 어렵고 옹색했던 살림살이를 엿볼 수 있었다. 미술관 아래에 있는 이중섭 공원에서 청동 좌상으로 만들어진 그의 동상이 있었다. 여행객들이 가장 즐겨 찾는 포토존이다.

이중섭미술관을 떠나는 내 가슴 어딘가에 숨어 있던 한 문장이 튀어나왔다. 인생은 짧고 예술은 길다.

세한도를 보았다

딸네 집은 제주도 서귀포시 대정읍에 있다. 대정읍은 추사 김정희 선생의 유배지이다. 선생이 55세가 되던 해 윤상도 옥사에 연루되어 귀양살이를 한 곳이 절해고도 제주도 서귀포이다. 이 유배지는 고독과 피 울음으로 뒤범벅이 된 절망과 죽음의 땅이었다. 이곳에서 추사는 약 9년간의 유배 생활을 했는데, 그 유배지가 2007년 10월 사적 제487호로 지정되었다.

나는 추사에 대해 또 세한도에 대해 듣기도 했고 그에 관한 책도 읽었으나 내 눈으로 직접 본 적은 없었다. 정지용문학상의 영예를 안겨준 유안진 시인의 〈세한도 가는 길〉이란 시를 보았을 때 한번 가보고 싶다는 소망을 품은 적은 있었는데, 그 소망이 현실로 이루어지는 행운의 기회가 내게 찾아왔다.

대정읍 딸네 집 근방에 제주 추사관이 있다고 딸이 알려 준 것이다. 딸과 약속한 날 강풍이 불고 비바람이 치는 날이었으나 나는 추사관으로 향했고 그곳에서 세한도를 만나는 기쁨으로 가슴이 뛰었다.

제주 추사관에는 조선 후기 대학자이자 예술가인 추사 김정희 선생의 삶과 학문, 예술세계를 기리기 위해 지난 2010년 5월에 건립되었다고 한다. 추사관의 전신은 1984년 제주 지역 예술인들의 노력으로 건립된 추사 유물전시관이다. 그러나 전시관이 낡은 데다 2007년 10월에 국가 지정문화재로 승격되면서 그 격에 맞게 재건립되었다고 한다. 추사관은 추사기념홀을 비롯해 3개의 전시실과 교육실, 수장고 등의 시설을 갖추고 있었고, 기념관 2층에 무쇠로 만든 추사의 흉상이 놓여 있는데 임옥상 작가의 작품이다. 추사동호회 등에서 기증해준 추사 현판 글씨, 추사 편지 글씨, 추사 지인들의 편지 글씨 등을 전시하고 있었다.

나는 추사의 글씨보다 〈세한도〉를 보는 것이 더 좋았다. 단

순하기 그지없는 그림, 잣나무 세 그루, 소나무 한 그루, 집 한 채, 추사의 이상과 혼이 담겨진 〈세한도〉는 절제된 여백에 절묘한 조화를 이루고 있는 쓸쓸함이 담겨져 있다. 푸른 소나무와 잣나무의 고고한 절개를 표현해 문인화의 진수로 평가를 받고 있다.

"날이 차가워 다른 나무들이 시든 뒤에야 비로소 소나무는 늘 푸르다는 것을 알게 된다."는 세한도는 위리안치를 받고 유배 생활을 하던 스승 추사에게 제자 우선 이상적이 목숨을 내놓는 위험을 무릅쓰고 한결같이 스승을 모시며 책을 보내주었다. 그 제자에 대한 고마움의 화답의 선물로 그려준 그림으로 지금은 국보 180호 〈세한도〉이다. 유배 생활 5년째 되던 해 59세 환갑 바로 전에 추사는 이 〈세한도〉를 그렸다. 추사에게 제주 유배와 이상적이 없었다면 아마도 불멸의 〈세한도〉는 세상에 나올 수 없었을 것이라는 생각이 든다.

유배인의 방 안과 마당을 둘러보았다. 한 칸 초가에 갇혀버린 그는 책을 읽고 글을 쓰는 일이 전부였을 것이다. 외로움과 절망의 끝에서 피어오른 조선 선비정신의 결기가 느껴졌다.

추사관을 떠나며 나는 기념으로 〈세한도〉 모사 그림 한 장을 샀다. 돌아와 나는 틈틈이 세한도의 송백을 뚫어지게 바라본다. 세한의 추위를 이겨내려고 황량하게 서 있는 송백을 보는 것이다.

나는 세한의 춥고 외로운 유년 시절부터 나목으로 성장해 온 갖 풍상 속에서도 명줄을 지탱해온 내 모습이 거기 빈손으로 서 있는 것이 아닌가.

세한도, 178년 만에 고향 제주로

오랜 시간 많은 사람의 손을 걸쳐 178년 만에 〈세한도〉는 그의 탄생지 제주로 돌아왔다. 일반인도 직접 접할 수 있는 매우 뜻깊은 전시가 국립제주박물관에서 4월 5일부터 5월 29일까지 열리고 있다. 이는 추사 김정희가 제주에 유배 당시 그렸던 작품인 〈세한도〉를 관람할 수 있는 특별전으로 문화적 자긍심과 기증의 의미를 되새길 수 있는 매우 뜻깊은 행사이다.

미술품 소장가 손창근 씨(91세)가 대를 이어 간직했던 〈세한도〉를 지난 2월 국립중앙박물관에 아무런 조건 없이 기증하여 올해 초 나라의 재산이 되었다. 손창근 씨는 기증한 공로를 인정받아 문화훈장 중 최고 영예 금관문화훈장을 포상받았다. 금관문화훈장을 받은 것은 손 씨가 처음이라고 한다.

〈세한도〉는 그 의미가 각별한 작품이다. 국보 제180호로 제자에게 그려준 우정의 대표적인 한국의 문인화이며 진한 문향을 뿜어낸다.

조선 후기의 학자이며 예술가인 추사 김정희가 1844년 조선 헌종 때 제주에 유배됐을 당시 59세 나이로 그린 작품이다. 김정희는 위리안치형을 받고 8년 4개월 유배 생활을 하는 동안 제자인 통역관 이상적이 청나라에 갈 때마다 구입한 서적 등을 보내주어 스승을 위로했다. 제자에게 그 고마움의 표시로 〈세한도〉를 그렸다. 이 그림이 이상적과 그의 제자 등을 거쳐 100년가량 전송돼 청나라 문인 16명과 우리나라 문인 4명의 찬사의 감상평이 더해져 14.7미터의 대작, 긴 두루마리에 그려졌다.

소나무, 잣나무 네 그루가 좌우 대칭을 이루며 초가집 한 채를 둘러싸고 있으며 주위는 텅 빈 여백으로 처리하여 극도의 절제와 간략함을 보여준다. 〈세한도〉 아래로 찍힌 인장의 글씨는 장무상망이라고 적혀 있다. '장무상망'은 '오래 잊지 말자'라는 뜻이라고 한다.

세한은 설 전후의 매서운 추위를 뜻한다. 김정희는 제주에 유배되어 세한의 시간을 겪으면서 사람은 고난을 겪을 때 비로소 그 지조의 일관성이나 인격의 고귀함 등이 드러날 수 있다는 뜻을 작품에 담았다.

푸르른 송백을 소재로 시련 속에서도 신의를 굳게 지킨 변치 않는 마음을 압축적으로 표현하며 선비의 절조와 제주도에 유배 중인 자신의 처지를 아름답게 표현했다.

178년 만에 고향 제주로 돌아온 불후의 명작 세한도, 추사 예술의 진면목을 볼 수 있는 이번 전시를 제주에서 감상할 수 있어 행운이고 감사이다. 한겨울 추위인 세한을 견디면 곧 따뜻한 봄날 같은 평안을 되찾게 될 것이라는 희망의 메시지는 설렘으로 기대된다.

미디어아트로 빛나는 제주

　제주의 '빛의 벙커'는 예술과 아이티(IT) 기술을 접목한 새로운 형태의 문화 공간이다. '빛의 벙커'는 관람객에게 독특한 예술적 경험을 선서하는 전시관이다. 딸들과 함께 '빛의 벙커'에서 열리는 화려한 황금의 장식이 특징인 화가, 구스타프 클림트 전시회를 다녀왔다.

　이 전시회는 프랑스 몰입형 미디어아트라고 한다. 외부의 빛과 소음이 차단된 '빛의 벙커'는 프로젝션 매핑 기반의 몰입형 미디어아트를 접할 수 있는 좋은 기회를 제공한다. 벽과 바닥, 기둥 등 전시실 안의 모든 구조물이 세계적 거장 클림트의 예술 작품으로 채워져 있는 경이로움을 이곳에서만 느낄 수 있는 특별한 경험을 하며 처음 보는 미디어아트의 매력에 빠져들었다.

전시장에 입장하는 순간 관람객은 수십 대의 빔프로젝트와 스피커를 통해서 펼쳐지는 거장의 작품과 웅장한 음악과 함께 완벽하게 몰입감을 주기에 특별한 경험을 할 수 있었다. 전시장 곳곳을 자유롭게 돌며 작품과 내가 하나 되는 경험을 하는 것이 아미엑스 전시의 특징이라고 한다. 그의 작품 중 가장 유명한 것은 '키스'이다. 그의 작품에서 여성들은 색으로 뒤덮여 웅장하면서 아름다운 존재감을 발산하기에 색채의 향연, 예술 정서의 감흥을 크게 주었다.

개관 이래 클림트, 반 고흐, 모네, 르누아르, 샤갈, 지중해의 화가들 전시회가 차례로 열렸다고 하는데 나는 그들의 전시를 관람할 기회가 없었다. 캔버스가 아닌 디지털 기술이 예술과 만나 어둠 속에서 빛과 음악을 통해 다시 태어나는 현대 미술의 아버지 세잔의 전시회가 열림을 알았다.

나는 길게 그려지는 선, 세잔의 그림을 좋아한다. 때마침 미국에서 오신 선생님과 함께 '빛의 벙커'를 찾아 새롭게 재해석된 거장의 작품들을 재생된 공간 속에서 역동적으로 되살아난 세잔의 그림을 감상할 수 있는 행운으로 행복한 하루를 보냈다.

둘째 딸이 한국을 방문했는데 언니인 큰딸이 제주의 핫 플레이스로 자리 잡은 곳을 동생에게 보여주기 위해 매일매일 애를 쓴다. 그날도 큰딸의 안내로 우리 모녀들이 함께 간 곳이 '아르떼뮤지엄'이다.

2018년에 개관된 '빛의 벙커' 전시관을 시작으로 2020년에 몰입형 미디어아트 전시관이 아르떼뮤지엄이다. 우리가 관람한 전시의 주제는 〈시공을 초월한 자연이다〉였다.

영원한 자연을 주제로 폭포, 해변, 꽃, 별, 정글, 고래 등 빛과 소리가 만들어 내는 작품들을 만날 수 있었다. 기술을 활용해 도심 속 대형 파도를 입체적으로 표현하였고 전시공간에 펼쳐진 해변 앞 광경, 가로의 긴 스크린 앞에 관객들이 스크린에 투사되는 파도를 따라 자유롭게 돌아다닌다. 벽이나 바닥 등지에 물감 대신 디지털 코드가 입혀진 형형색색의 빛으로 관람객들을 열광케 하는 것이다.

워러 풀 전시관으로 들어가면 금빛 폭포수가 눈앞에서 쏟아지고 기린, 코끼리, 사자, 동물들이 움직이며 천천히 지나가는 모습이 반복되었다. 시각적 강렬함과 독특하면서도 환상적인 분위기를 연출한다. 그런가 하면 작은 유리잔을 테이블 위에 놓으면 그 위로 꽃이 피어난다. 마치 잔 위에 꽃잎이 둥둥 떠다니는 것 같아 신기했다. 화려한 시각과 웅장한 사운드로 이색적이고 실감 나는 체험이었다.

기획 전시공간인 '가든'에서는 제주와 파도, 명화, 수묵화를 소재로 4개의 미디어아트 작품을 반복 상영하고 있었다. 다양한 디지털 기술이 예술과 만나 새로운 볼거리를 자아내는 미디어아트 전시로 제주를 찾는 관광객들에게 각광을 받고 있다고 한다.

이 신기한 경험은 기존의 미술 감상과 전혀 다른 느낌으로 다가왔다. '아르떼뮤지엄'은 볼거리가 다양하지만, 유명 화가들의 작품을 감상한다기보다 첨단 예술의 세계를 만나기 때문이다.

나는 이런 형태의 예술이 있다는 것조차 깜깜히 모르고 살아왔다. 효심 깊은 딸 덕에 신세계를 본 것이다. 관람을 마치고 전시장을 나오며 강렬한 행복감과 살아있음에 감사함으로 바라본 하늘엔 오늘따라 노을이 유난히 아름다웠다.

바다에서 삶을 캐는 해녀들

살아가면서 우리는 존재에 대한 만남을 갖게 된다. 그 존재는 사물이기도 하고 사건이기도 하고 사람이기도 하다. 만남의 존재를 통해 그 존재를 알게 되고 이해하게 되고 깨달음으로 이어지며 인식 전환도 하게 된다.

지금 나는 제주도에 머물러 지내고 있다. 제주도는 하늘, 땅, 바람, 바다가 공존하는 섬이며 천혜의 아름다운 경관의 섬이다. 제주도에서 체류하는 동안 나는 외지인의 시선으로 낯선 존재와의 만남을 체험하면서 신기해하기도, 경이로워도 한다.

제주시 구좌읍에 있는 해녀박물관을 관람하며 해녀들의 고단한 생활과 삶을 만난 것이다. 해녀박물관은 2016년 12월 1일.

긴 여정 끝에 제주도 해녀의 문화적 가치가 인정되어 유네스코에 등록되었다고 한다.

해녀박물관 전시장 입구에는 이승수 작가의 〈자연과 인간의 공존〉이라는 스테인리스 스틸과 동으로 만든 해녀 조형물이 관람객을 반긴다. 해녀박물관 로비와 복도 곳곳에 해녀를 테마로 한 미술가들의 조각과 사진을 전시하여 작은 갤러리를 겸하고 있다. 내부는 3개의 전시실로 나누어져 있었다. 제1전시실에는 해녀의 생활, 제2전시실에는 해녀의 일터, 제3전시실에는 해녀의 생애로 구분되어 있어서 그들이 어떻게 살았는지를 한눈에 모든 것을 볼 수 있었다.

제1전시실에는 해녀의 집과 세간을 통해 1960~70년대 해녀의 살림살이와 생활 모습, 제주 여성의 옷, 애기구덕, 물허벅, 지세 항아리 등 고단한 해녀의 삶을 대표하는 유물들과 음식문화, 신앙 등 해녀들의 의식주 전반에 대하여 전시하고 있었다.

제2전시실에는 해녀들의 바다 일터에서 사용하는 작업 도구, 물소중이, 고무 옷과 제주 해녀 항일운동 공동체에 관한 문서와 사진들이 전시되어 있었다.

제3전시실에는 해녀들의 생애를 전시하고 있었다. 첫 물질부터 상군해녀가 되기까지의 과정과 모습, 출가물질, 경험담, 물질에 대한 회고 등 다양한 그녀들의 삶을 영상으로 생생하게 느낄 수 있었다.

해녀들은 변화무쌍한 일터인 바다만 바라보고 산다. 그들의 하루는 바다 날씨에 달려있다. 해녀들의 시계와 시간은 물찌와 물때라고 한다. 해산물을 채취하러 입수하는 차디찬 바닷물 속 물질. 그 물속에선 서지도 앉지도 못한다. 짧게 숨 쉬는 들숨이 위험해 목숨 걸고 오래 참는 날숨에 턱까지 참았던 숨, 물 위에 솟아 컥 하는 숨비소리는 살았다는 소리이다. 해녀들의 바다 물속 작업은 언제나 위험한 상황이기에 잠수복이 수의가 될 수도 있는 것이다. 해녀들의 물질은 목숨을 바다에 맡기는 고된 작업이나 해양 문화의 개척자들이기에 죽음을 무릅쓰고 대대손손 쭉 해녀의 끈이 이어진다고 한다.

해녀들은 상군, 중군, 하군의 위계가 엄격하다고 한다. 작업할 때 서로 간에 10미터 반경은 침범하지 않는다고 하며 액이 닥치면 신이 노한 것이라고 여겨 해녀들의 신앙은 바다의 신이

어서 굿을 하거나 무속인들에게 빈다고 한다.

해녀들은 어려운 작업 환경 속, 마치 저승에서 번 돈으로 이 승에서 가족의 생계와 자녀들의 교육 뒷바라지를 책임지는 강하고 억척스러운 가장이고 아내이고 어머니이다.

제주 바다는 해녀의 힘찬 숨비소리가 들리는 바다다. 바다에서 삶을 캐는 해녀들의 끈질긴 생명력과 강인한 개척정신으로 제주 경제의 주역을 담당했던 제주 여성의 상징이다.

아침에 바다를 보고, 낮엔 구름을 보고, 저녁엔 바람을 보고, 밤엔 파도 소리를 듣는다는 산전수전 다 겪은 해녀 할망들의 존재를 만난 것은 해녀들에 대한 내 인식 전환이었고 새로운 개안이었다.

동백 수목원의 풍경

딸은 엄마인 나에게 제주도 명소를 구경시켜 주고 싶어 애쓰는 효심이 감동을 주곤 한다.

꽃구경 가자고 했을 때 '이 겨울에 웬 꽃구경?' 내심은 그랬으나 나는 토를 달지 않고 딸을 따라나섰다. 우리가 도착한 곳은 '카멜리아 힐' 동백 수목원이었다.

'카멜리아 힐'은 30년 열정과 사랑으로 제주의 자연을 담은 동양에서 가장 큰 동백 수목원이라고 한다. 6만 평 부지에 가을부터 봄까지 시기를 달리하며 피는 80개국의 동백나무 500여 품종, 6,000여 그루가 울창한 숲을 이루고 있었다.

그중에 향기 나는 동백의 달콤하고 매혹적인 향기에 흠뻑 취

할 수 있어서 행복한 미소를 지으면서 관람을 하였다.

수목원 숲속으로 걸어 들어갔는데 눈앞으로 빽빽하게 열 지어 늘어선 거목들의 모습이 펼쳐졌다. 나는 그 풍경에 경탄하며 영혼이 정화되는 행복감을 느꼈다.

수백 년 묵은 동백나무들은 자생한다고 하는데, 백 살도 넘은 동백나무 몇 그루가 붉은 정열을 토해내고 있었고, 그 기상이 고매했다. 핏빛 여심을 풀어내는 동백정원이었고 선지 빛 동백이 사방에 피어있었다. 화려한 동백꽃을 바라보는 내 마음과 눈도 타오르는 빛으로 붉게 물드는 것 같았다.

동백은 11월부터 이듬해 4월까지 피고 지고를 반복하며 3월에 만개한다고 한다. 폭풍이나 강설에도 꺾이지 않고 추위가 깊어질수록 아시아와 유럽 동백꽃들이 하얗고 붉게 만발하여 어디서도 느낄 수 없는 우아하고 이색적인 분위기를 연출하는 내공을 보인다고 한다.

차나뭇과에 속하는 푸른 키 나무, 산다화라고도 불리는 동백은 다른 식물들이 활동하지 않은 겨울, 고독 속에 묻혀 붉은 혼불같은 꽃을 피워놓는 정열의 꽃이다. 그런데 시들어가며 사라질 때는 생명에 연연하지 않고 봉오리째 미련 없이 목이 떨어져 버린다. 그래 옛사람들은 절대 동백꽃은 병실에 들여보내지 않았다고 한다. 떠날 때는 말없이 화려함을 간직한 채 생을 마감하는 고결함과 결연함이 동백꽃의 품위를 갖춘 자존심이 아닌가 싶다. 칼바람 모진 겨울을 이겨내면서 마치 들기름을 바른 듯 윤기가 잘잘 흐르는 녹색 잎과 정열을 태우는 청춘의 모습이었으나 떨어지는 동백꽃의 뒷모습은 그래서 더 초연하다.

수목원에서 인상적이었던 것은 제주 출신의 사회 저명인사들이 식수한 동백나무들의 수효가 적지 않다는 점이었다. 그 나무들 밑에는 식수자의 이름과 직업, 식수한 연도와 날짜가 새겨진 팻말들이 박혀 있었다. 오로지 고향을 사랑하는 마음, 건강하고 튼튼하게 자라서 산림녹화를 이루라는 애정의 선물일 것이다. 고향과 자연과 인생이 그들과 함께 숨 쉬는 것 같았다.

실향민인 나의 시선은 고향을 품고 사는 그들의 삶이 아름답게 느껴지며 부러운 마음도 들었다. 갈 수 없는 내 고향에 그리움과 비애가 교차하는 순간이기도 했다.

동백꽃의 일생은 사고의 영역을 넓혀주는 신비를 지니고 있었다. 집으로 돌아오면서 우리네 삶도 인생도 어떤 고난과 시련 속에서도 동백꽃처럼 열정으로 꽃 피워야 함을 생각하였다. 생명도 죽음도 모든 것이 찰나이나 목숨이 있는 날까지 열정적으로 사는 나도 인간 동백꽃이 되고 싶다. 내 삶에도 동백꽃의 기상과 향기가 넘치기를 기도할 것이다.

오설록 티 뮤지엄
―거친 돌밭에 피어난 녹색 물결

답답한 도시의 삶으로부터 일탈을 꿈꾸는 휴양지였던 제주, 어느 때부터인가 올레길 걷기가 붐을 이루더니 이제 제주 이민의 열풍으로 다른 삶을 꿈꾸는 사람들의 이상향으로 자리 잡고 있다.

개발의 바람을 타고 제주가 새로운 매력을 보여준다. 제주에서 가장 주목할 만한 변화로는 인구 증가와 뮤지엄 열풍이 불더니 뮤지엄이 많이 세워지고 있다.

한때 문화예술의 불모지이자 변방이었던 제주, 이제는 예술을 품은 보물섬으로 재조명해도 충분하리만큼 예술계의 주목을 받으며 많은 예술인을 향해 손짓을 하고 있다. 제주의 자연은 예술가들을 거듭나게 하는 원천이다. 한때 유배의 섬이었던 제주에서 세한도를 완성한 추사 김정희를 비롯해 한국전쟁 때 서귀포에서 왕성한 작품 활동을 했던 이중섭, 그들을 기념하는 뮤지엄도 있는데 그곳에는 절해고도에서 꽃피운 대가들의 예술혼이 깃들어 있다.

이외에도 수없이 많은 미술관과 박물관, 기념관이 들어섰고, 예술인 마을도 있다.

내가 머무는 동네 근교에 '오설록 티 뮤지엄'이 있다. 내가 즐겨 찾는 곳이다. 2001년에 국내 최대 규모의 녹차 박물관인 오설록 티 뮤지엄을 세웠다고 한다. '오설록'이란 이름은 설록차의 기원이란 뜻을 담고 있다고 한다. 전통차 문화를 계승하고 또 보급하며 차의 역사와 문화를 체험할 수 있게끔 만들어져 있다.

내부 전시실에서는 다도를 경험할 수 있고, 차 문화실에는 세계의 아름다운 찻잔들도 전시되어 있다. 3층 옥상 전망대에 오르면 넓은 녹색 물결이 한눈에 들어와 숨통이 트이면서 이곳에 온 보람에 힐링된다.

'오설록 티 뮤지엄'에는 국내 관광객은 물론이고 외국인들뿐만 아니라 차 문화의 종주국인 중국 여행객들까지 붐빌 정도로 제주 대표 관광지가 되어 일 년 내내 가장 많은 인파가 붐비는 곳 중에 하나가 되었다.

차는 사람을 차분하게 가라앉히고 정신을 맑게 하고 명상으로 이끄는 힘이 있다. 차를 마시는 시간이라는 것은 차만 마시는 시간이 아니고 한 잔의 차에 들어 있는 자연의 본체에 대한 정신수양의 시간, 다시 말해서 자기 응시적인 성찰로 영혼이 호흡하는 시간인 것이다.

다산 정약용 선생은 귀양 오기 전, 이미 차에 대한 식견이 높아 백련사 승려들에게도 차를 만드는 법을 가르쳐 주었다고 한다. 다산은 자신이 기거했던 집을 '다산초당'이라 이름을 붙이고 이곳에서 차를 자급자족하며 즐겨 마셨다고 한다. 그가 목민심서와 경세유표 등 수많은 저서를 남길 수 있었던 것도 차와 함께 심신을 다스리며 건강을 유지한 덕이라고 한다. 또한 추사 김정희도 빼놓을 수 없이 차에 대한 조예가 깊었고 제주 유배 시에도 차 애호증을 끊을 수 없었다고 한다.

끝없이 펼쳐진 녹차밭 한가운데 자리한 오설록 티 뮤지엄을 통해 우리는 차라는 순수자연 식물을 마시는 일상 속에서 여유를 찾는 느림의 철학을 통해 몸과 마음을 치유해 온 선조들의 지혜를 다시 엿보게 된다. 차 문화는 알면 알수록 정갈하고 기품이 넘친다. 제주의 바람을 담은 맑은 차 한 잔을 만날 수 있는 공간이 오설록 티 뮤지엄이다.

전이수 갤러리
-걸어가는 늑대들

딸이 엄마에게 꼭 보여주고 싶은 곳이 있다고 해서 딸을 따라
나섰다. 딸이 안내한 곳은 함덕 해수욕장 근처에 위치한 '전이
수 갤러리 걸어 다니는 늑대'였다. 제주도에 사는 소년 화가이
자 동화작가 전이수와 동생 전우태가 운영하는 갤러리이다.

'전이수 갤러리'는 처음 방문이지만 소년 작가들의 어머니, 김
나윤 여사가 출간한 책 ≪남들이 정해진 규칙을 따를 때, 나는≫
이란 책을 통해서 두 형제에 대해 알고는 있었다. 주관이 확실
하고 독특하며 강한 개성으로 자녀를 교육한 어머니, 그녀는 그
들 형제를 정규학교에 보내지 않고 홈스쿨링을 시작으로 아이
들에게 마음공부, 예의, 남의 아픔을 느낄 줄 아는 마음, 책 읽

기, 실생활에 필요한 교육들을 가르쳤고 아이들이 가장 좋아하는 시간은 숲에서 글짓기 하는 시간으로 각자 나무 기둥을 의자 삼고 새 소리를 음악 삼아 글을 쓴다고 한다. 숲에서 느낀 감정과 메시지를 작품으로 승화시키는 것이다.

아이들의 선택을 존중하며 스스로 체험하여 깨달음을 얻길 원하는 부모님의 교육 방침이었고 자녀의 재능을 인정해주고 품어 줄 수 있는 모성애가 있었기에 오늘에 소년 작가로서 만인의 사랑을 받고 있는 것이라는 생각이 들었다.

청색의 건물 밖 모든 벽면에는 거의 작가의 그림과 글로 채워져 있었다. 엄마에 대한 그리움, 감사함, 위로 등을 표현한 작품들이 많았다. 자신이 하고 싶은 이야기를 특유의 감성으로 풀어내는 글들과 독창적인 그림으로 표현한 작품들이었다. 섬세한 감수성, 세상을 바라보는 따뜻한 시선, 소년 작가에게 이런 깊은 표현이 가능하다는 것이 놀라웠다. 제주의 자연이 준 풍부한 영감이 아닌가 싶었다.

걸어가는 늑대들, 갤러리 안으로 들어가니 카페, 아트숍, 전시관으로 이루어져 있다. 전시장 내에는 형 전이수 작가와 동생 전우태 작가의 작품이 담긴 글과 그림을 담은 액자들이 가득 걸려있었다. 특히 나는 그의 글 중 '괜찮아', '꽃은 싸우지 않는다'라는 두 글에 크게 감동했다. 그림에 대한 열정, 자연과 가족을 사랑하는 마음, 타인을 위로하는 마음, 나이에 비해 성숙하고 사려 깊은 마음들을 볼 수 있었다. 예술은 사람의 마음을 어루만져준다. 전이수 작가가 쓴 글과 그리는 그림이 그랬다. 기념품 아트숍에는 두 소년 작가의 동화책, 자서전, 작품 액자, 엽서, 스카프, 그림, 우산, 각종 문구 등등이 디스플레이되어 판매되고 있었고 30분마다 작가 소개 영상도 볼 수 있었다. 동심이 가득한 공간이었다.

'걸어가는 늑대들, 전이수 갤러리'에서는 어려운 환경에 있는 사람들에게 기부하는 선한 영향력을 펼치고도 있었다. 사회의 아픔과 세계 곳곳 어려운 이웃에 전시 입장료의 수익과 판매 수입을 제주 미혼모 보호시설과 국경 없는 의사회, 아프리카 친구들을 위해 기부한단다. 어려운 환경에 처해 있는 사람들에게 기쁘게 따뜻한 마음을 베푼다면 자신의 삶이 더없이 빛나고 행복하다는 사실을 그들을 통해 다시 깨닫게 된다.

감동의 여운이 길게 남는 아름다운 특이한 전이수 갤러리 걸어가는 늑대들, 그곳을 떠나오며 생각한다. 문학은 세상을 보는 눈이며 세상을 읽는 마음이다.

소년 작가들, 그들의 성장한 미래에도 문학이 있어 두 형제의 삶이 풍요롭고 값지기를 응원하고 싶다.

뱃길 따라 마라도 섬으로

제주도에 도착한 다음 날, 딸과 함께 마라도로 떠나는 아침에 비가 내린다. 빗길을 달려 여객선터미널에 도착했을 때, 섬으로 여행을 갔다가 돌아오는 사람들과 여행을 떠나려는 사람들로 선착장은 붐볐다. 여행을 떠나는 사람들은 내리는 비를 바라보며 승선을 기다리고 있었다.

비가 오는데 뱃길은 무사할까? 비 내리는 날의 뱃길 여행은 마냥 설레고 신바람 나는 여행길이 아니고 불안한 마음이 들게 한다. 여행은 날씨가 받쳐줘야 하는데 김빠진 풍선처럼 내리는 비는 여행자들의 마음을 가라앉게 하며 침울하게 한다. 여객선은 비를 맞으며 떠날 채비를 서두르고 사람들은 우산을 받쳐 쓰

고 배에 오른다. 붕~ 여객선은 기적소리를 내며 서서히 선착장
을 빠져나간다.

멀어져가는 선착장을 바라보는 사이 배는 하얀 포말을 뒤로
하고 유유히 속도를 낸다. 비를 뚫고 질주하는 바다에서 사람들
은 말이 없다. 섬에서 섬으로 가는 바닷길, 낯선 이 여행은 새로
운 경험을 하게 한다.

회색빛 바다는 소금기 머금은 바람을 일으키며 몸 안으로 스
며들고 으스스한 한기가 내 몸을 자극한다. 바닷길은 하늘이 길
을 열어주었을 때만 안전하다. 그것이 닫히면 아무도 오갈 수
없는 것이 섬이다. 그래서 섬사람들은 단절된 공간에서 열악한
환경을 극복하며 끈질긴 생명력을 이어온 것이 아닌가 싶다.

뱃길 따라 바다를 건너는 동안 축복의 길인가, 비는 그치고
햇살이 퍼지자 마라도, 작은 섬이 보이기 시작했고, 얼마 지나
자리덕 선착장에 무사히 도착했다.

배에서 하선해 마라도 섬, 땅에 첫발을 내디디었을 때 '바람
과 자연이 숨 쉬는 곳'이라는 팻말이 제일 먼저 내 눈에 들어왔
다. 마라도는 대한민국 최남단에 있는 섬으로 19세기 말까지 울

창한 원시림으로 둘러싸인 무인도였다고 한다.

대정읍 모슬포항에서 남쪽으로 11킬로미터 해상에 자리하고 있는 마라도 섬은 천연기념물 제423호로 지정된 곳이라고 하는데 바다에 완전히 포위된 섬이었다.

마라도의 형태는 고구마 모양이며 해안은 오랜 해풍의 영향으로 해식동굴과 기암괴석으로 이루어져 있었고, 기암괴석 위에 초원지대로 되어있었다. 걸어서 한 시간이면 다 돌아볼 수 있는 작은 섬이었다. 우리 모녀는 햇살을 받으며 길가에 코스모스와 억새밭이 퍼져있는 해안 도로를 산책했다. 여러 나라 사람들, 또 다른 지방의 사람들도 많이 찾아와 모두들 아름다운 풍광에 감탄하며 사랑하는 이와 따뜻한 마음을 나누며 거닐고 있었다.

도로 위 언덕에는 마라도의 등대, 교회, 성당, 절 등이 세워져 있는 모습이 침묵 속에 다가오는 편안의 빛을 보는 것 같았다. 마라도의 명물이라는 맛있다는 원조 간판, 해물 자장면 집들이 즐비하게 자리하고 손님들의 발길을 멈추게 할 뿐만 아니라 백년초를 넣어 만든다는 전통 유과 종류의 가게들 또한 수없이 많았다. 유과를 좋아하는 나는 그냥 지나칠 수 없어 몇 봉지를 사 들었다.

나는 섬 길을 걸으며 그 옛날 바닷길을 건너와 온전히 격리되어 살아야 했던 유배인들을 생각했다. 추사 김정희는 절체절명의 시간 그의 처연한 마음을 붓끝을 통해 국보 180호로 지정된 〈세한도〉라는 불멸의 명작을 탄생시켰다. 그에게 세상과의 단절은 또 다른 세계를 창조하는 고난의 시간일 뿐이었다. 그들의 고난은 후세인들에게 새로운 문명과 지식을 공유할 수 있는 기회가 된 것이다. 변방의 땅, 외롭고 고독한 섬은 이제는 전설이 되어 유배인들을 기억하게 한다. 바위 위에 앉자 파도가 철썩이는 바다를 바라보며 시를 읊거나 피리를 분다면 이곳은 지상 그 어느 곳보다 더 신비스러운 선경이 될 것이다.

나는 일상에 매어 사노라고 마라도란 섬이 있는 줄도 모르고 살아온 눈먼 사람이었다. 딸의 효심으로 잠시라도 마라도를 다녀올 수 있었던 것은 눈먼 자의 개안이었고 휴식이며 위안이었다.

마라도 이곳에는 무수한 생명들이 다정한 소리로 속삭이며 사랑을 꽃피우며 살아가고 있다. 바람에 휘날리는 머리카락 사이로 황혼빛이 물드는 섬사람들, 자연 속에서 살아가는 것이 자연스러운 사람들, 바람과 자연이 정다운 친구가 되어 삶의 기쁨을 북돋아 주고 있기 때문일 것이다.

마라도의 등댓불이 해면 위에 드리워지면 9월의 바다도 저물어 갈 것이다. 안녕 마라도여! 딸과 함께 9월에 떠났던 마라도 여행의 추억은 별처럼 내 가슴에서 반짝이는 감사로 오래오래 남을 것이다.

3월에 다녀온 가파도 섬

생활 속에서 보고 듣고 느끼는 마음에 새겨지는 것들로 온갖 감정의 무늬가 나만의 글을 쓰게 한다. 조석으로 부는 훈훈한 바람에서 계절의 움직임을 느끼는 3월 봄의 길목이다. 따뜻한 볕과 부드러운 바람, 향기로운 계절이다. 제주의 봄은 참으로 아름답다. 사계절 중, 나는 제주의 봄이 가장 좋다.

"해마다 가파도에서 4~5월 청보리 축제가 열리는데 그때는 관광객들이 몰려와 너무 복잡해요. 가파도는 조류가 거세어 기상 상황에 따라 여객선 운항이 취소되기도 하는데 오늘은 날씨가 좋으니 가파도 섬을 다녀옵시다."라고 딸이 말하는 것이 아닌가. 나는 이게 웬 떡인가 싶어 재빨리 채비를 끝내고 딸을 따라나섰다. 우린 운진항에서 배를 타고 15분 정도 갔을까, 벌써 가파도 섬에 도착했다.

가파도 섬의 모양이 가오리를 닮았다고 해서 가파도라는 이름이 붙여졌다고 하고 청보리 섬으로 불리기도 한단다.

가파도는 넓은 하늘을 이고 사는 섬, 푸른 바다 넘어 초록빛 물결이 일렁이는 신기루 같은 섬으로 우리나라에서는 가장 낮은 섬이라고 한다. 섬 한 바퀴를 도는데 2~3시간이면 충분하다는 얘기에 우리 모녀는 제대로 가파도를 구경하려고 걷기로 했다.

봄바람이 일렁이는 청보리밭은 그야말로 한 폭의 그림처럼 아름다웠다. 이 섬은 서정적이고 수채화 같은 풍경이다. 걷는 중에 마을 곳곳에 벽화를 만날 수 있었다. 단출하고 소박한 그림이지만 그 속에는 가파도 섬사람들의 삶과 이야기가 담겨 있었다. 가파도 섬의 아름다운 풍경, 물질 나가는 가파도의 해녀들, 돌하르방, 청보리 등 가파도 섬을 소재로 한 벽화들이었다. 가파도 섬에서는 전봇대를 볼 수 없었다. 무탄소의 깨끗한 섬을 만들어가는 과정에서 지중화되었다고 한다.

청보리밭 사잇길을 걷다 보니 소망 전망대를 만났다. 소망 전망대는 가파도 섬 중앙에 있는 제일 높은 곳에 자리하고 있었다. 소망 전망대는 한라산을 향해 설문대 할망에게 소원을 기원하는 장소였다. '내가 다 줄게'라고 목판에 새겨진 문구가 눈에 띄었고 목판 밑에 매여진 긴 줄에는 이곳을 방문한 사람들이 각자의 간절한 소망을 적은 리본들이 매어져 깃발처럼 바람에 휘날리고 있었다. 이 광경을 바라보며 설문대 할망은 뭇사람들의 소원을 다 들어주었을까 하는 궁금한 마음도 잠시 들었다.

청보리 축제가 열리는 4~5월이면 섬 전체를 뒤덮은 초록빛 보리밭 풍경이 장관인데 축제가 끝나면 봄이 떠나고 곧 여름이 이어지는데 청보리는 자취를 감추고 그 자리에 가장 먼저 코스모스가 핀다고 한다.

우리 모녀는 가파도 섬에 펼쳐진 봄 풍경, 청보리밭을 눈으로 만끽하고 다시 제주로 돌아가기 위해 배를 타러 가는 길에 나는 박화목 선생이 작사한 〈보리밭〉 노래를 흥얼거렸다. 제주로 이주해온 딸 덕분에 영영 볼 기회조차 없었던 가파도 섬의 봄날의 청보리밭 풍경을 보게 해준 딸의 효심에 감사했다.

힐링으로 충만했던 3월의 가파도 섬 나들이였다.

2부

자연에서 신을 노래하다

이 가을, 제주에서 이틀 동안

폭우가 쏟아지리라는 예보를 들으며 제주에 온 지 하루가 지났다.

딸네 집은 바다가 보이는 곳에 있어 창으로 바다가 출렁이고 있다. 지금은 해가 진 시간, 하늘엔 먹구름이 지나가고 뿌옇게 바다 안개가 깔리며 그 안개 속으로 어둠이 내린다. 반짝이는 보석처럼 하나, 둘 불빛이 밝아지나 안개는 다시 모든 불빛을 감추며 바다를 덮더니 비가 내린다. 밤 배들도 모두 항구를 떠나고 바다는 이제 저 혼자이다. 비바람 치는 해변도로는 질주하는 차들의 소리가 낮은 저음으로 깔린다.

딸들이 귀가하지 않은 텅 빈 집, 바다처럼 나도 혼자이다. 고요함, 낯선 섬 도시의 고요한 밤 속에 혼자 있다는 사실조차도 내게는 위안이 된다.

돌아보니 무거운 배낭을 메고 지치고 피곤한 한여름을 걸어왔다. 비로소 배낭을 벗어낸 지금 가벼움과 후련함, 안온함이 느껴진다. 빗속을 달려올 딸들의 귀갓길을 걱정하다가 잠 속으로 빠르게 빠져들었다.

잠에서 깨어나 창밖을 보니 어제의 비바람은 그쳐 있었고 바다도 다시 평화롭다. 하늘도 맑게 개어 있었다. 나는 마음이 힘겨울 땐, 삶의 냄새와 정취가 그리워 서민들의 삶에 애환이 있는 현장, 시장 구경을 나가고 싶어진다.

그날도 그랬다. 자연의 풍경보다 장터 구경을 하고 싶다는 내 뜻을 따라 우리 모녀는 억새 풀이 너울너울 춤추는 산길을 달려 장터로 향했다. 장터는 사람들로 붐비고 있었다. 장터를 지켜온 사람들의 눅진한 삶의 모습들, 가난하던 시절의 향수가 그곳에 있었다.

어린 시절 재래시장 풍경은 정겹고 애틋한 모습으로 선명하게 기억된다. 장터는 선조들의 삶에 희로애락의 모습들을 고스

란히 간직한 현장이다. 장터는 교통과 통신이 여의치 않았던 시절 이웃 마을 사람들이 만나는 사교의 장이자 물건만이 아니라 인정과 돈이 흐르는 각종 정보가 교환되는 장소였다.

장터를 한 바퀴 돌아본다. "오천 원에 한 무더기 골라, 골라, 골라가요." 특유한 억양이 추임새가 되어 장터의 흥을 돋운다. 장터 속에 에누리 외침은 건강하고 생명력이 넘친다. 보는 맛, 먹는 맛, 싸게 사는 맛, 퍼주는 맛, 사람 사는 맛을 느끼게 한다. 장터가 그 명맥을 유지할 수 있는 것은 이렇듯 과거와 현재가 기묘하게 교호하고 있기 때문일 것이다. 장터는 전통을 덤으로 담아 파는 곳이다. 장터에서 파는 물건들도 흥미롭지만, 그곳에서 만나는 사람들의 몸짓 하나하나를 바라보는 일은 더욱 감동을 자아내는 정겨운 풍경이다.

요즘 사람들은 언제부터인가 장터나 시장으로부터 멀어졌다. 대형 할인점이 즐비한 세상, 생활은 날로 편리해지는데 사람들은 자꾸만 바빠진다. 최대한 발품들을 적게 팔고 필요한 물품들을 살 수 있는 마트들을 찾는다. 그마저도 번거롭게 느껴질 땐, 컴퓨터에서 클릭 한 번으로 간단하게 물품 구입을 해결한다. 그러나 장터는 사람들이 살아가기 위해 존재하는 곳이자 삶의 어려움과 희망을 나누는 삶의 무대이다. 장터에서 사람들의 삶은 구체적으로 표현된다. 가난해도 자연스럽게 살아가는 곳, 훈훈한 미소와 베풂이 있는 곳, 돈 냄새가 아니라 따뜻한 사람 냄새다. 장터를 지키는 이들도, 찾아온 이들도 모두 각기 다른 얼굴들이지만 열심히 오늘을 살아간다는 사실만은 닮아 있는 듯하다. 분주하게 하루를 살아내는 그 생동감이 때로 지치고 피곤한 날들을 견딜 수 있게 서로를 위로해 주는 힘이 되어주는 것이다.

내 가슴에 사진을 찍듯이 장터에서 눈여겨본 삶의 풍경은 지친 내 마음에 새로운 활기가 차오름을 느끼게 했다. 그날 장터에서 내가 산 것은 살아갈 날들에 대한 굳은 의지와 내 삶에 대한 위로였다.

이 가을, 제주에서의 이틀 동안은 행복한 휴식이었다. 공항을 향해 달려가는 도로변 억새풀들의 흔들림은 마치 바람의 섬, 제주를 떠나는 나에게 손을 흔들며 안녕히 가시라는 배웅의 인사 같아 피붙이를 두고 가는 이별도 그다지 슬프지 않았다.

자연에서 신을 노래하다

먼 길을 떠나고 싶은 마음, 이는 가을이면 찾아오는 향수 같은 여심이다. 가을은 기다림의 계절이 아니라 찾아가는 사랑의 계절이고, 가을 나무에서 인생을 배우며 잃어버렸던 나 자신과의 만남을 적극적으로 도모하는 계절이다.

10월 초순, 나는 딸과 함께 2주간의 나들이로 한국행 비행기에 올랐고, 몇 년 만에 제주공항에 도착했다. 공항을 빠져나온 우리는 숙소를 향해 바다를 끼고 도는 섬 도시의 가을 길을 달렸다. 도시 곳곳은 변해 있었고 다시 태어난 새로운 것들이 내 시선을 사로잡았다.

차창 밖으로 멀리 가까이 달려가는 차량으로 넘쳐나 도시의 몸짓은 분주했다. 열 지어 선 가로수들은 가을 물로 세수한 듯 선명하게 빛나고, 광활한 푸른 바다, 의연한 풍모로 제자리를 지키고 있는 먼 산과 바위들 등 경이로운 자연이다. 자연은 신이 쓴 위대한 책이라는 구절이 절로 떠올랐다.

제주에서 체류하는 동안 나는 매일매일 해변과 산을 찾아 걸음을 옮기며 자연 속으로 빠져드는 시간을 즐겼다. 찾아간 한라산 두레길, 그 산길을 올랐다. 잠든 듯 말이 없는 겹겹의 산들은 고즈넉했다. 나이를 지울 수 없는 힘든 산행이었으나 아득히 높은 산을 향해 누구의 부축도 받지 않고 고행하는 수행자처럼 내 몸을 채찍질하듯 하며 오르고 또 올라 정상에 올랐을 때, 살아있는 산의 숨소리가 들렸고 신성한 산의 품에 안겨 지친 몸을 풀었다.

산속에는 억새꽃이 바람에 흔들리며 너울너울 춤을 추고 있었고 바위 위에 홀로 피어있는 들꽃들, 상쾌한 바람은 숲을 가로질러 달리고, 소리치며 날아오르는 새들의 지저귀는 소리는 하늘 위로 퍼졌다. 가을 산의 풍경은 그야말로 빛났다. 메마른 가슴에 감성의 물결을 일렁이게 하며 내 마음을 맑게 해주었고 온몸에 신선한 기운을 감돌게 했다. 자연은 우리에게 소중한 생명을 주고 사색하는 힘과 창의의 꿈을 추구하게 하는 원천이다. 인간에게 봉사하고 있는 자연을 생각하면서 나도 모르게 몸이 낮추어지며 눈물이 났고 신이 만든 자연 앞에 무릎을 꿇고 앉아 신을 노래하며 내 존재에 감사했다.

거리를 지나며 흥미로웠던 것은 음악회, 연극공연, 미술 전시회, 박물관 관람, 시낭송회, 국악 한마당, 독서 모임 등등, 문화 예술의 축제를 알리는 현수막들이 길가에 빨래처럼 걸려있는 것을 보면서 제주시민들은 정신적인 부자라는 생각이 들었다.

지금 이 시대의 문화는 더 이상 사치나 장식, 시간 낭비가 아닌 생존 그 자체이다. 문화시민은 정신적 윤택함이 물질을 압도하는 기쁨을 느끼며 자신의 품격을 높이고 넉넉한 삶을 이어가는 사람들이다.

프랑스에서는 일만 하고 돈만 있다면 부자는 아니라고 한다. 그 나라에서의 부자의 기준은 문화 의식에 큰 비중을 두고 있다고 한다. 예술, 문화계 인사와 친교가 있느냐? 독서를 많이 하는가? 또 문학 축제나 전시회 관람, 음악, 무용, 연주회 등에 시간을 내서 참가하고 또 기부하느냐 등의 항목이 부자의 기준이라고 한다. 해외에서 성공한 우리 교포들이 그만큼 존경과 대접을 못 받는 것은 문화지수가 낮기 때문이라는 얘기가 있다.

가을은 고요하고 엄숙하다. 가을 나무는 노랗게, 붉게 물들며 아름답게 자신의 종말을 준비하고 있다. 우리네 인생도 낙엽과 무엇이 다르겠는가. 길어봐야 백 년, 때가 되면 우리도 저 낙엽처럼 다시 흙으로 돌아간다. 끝을 알면 세상 보는 눈이 달라진다고 하는데, 헛되고 헛된 일에 아옹다옹 열 내며 살고 있는 어리석은 우리의 경박함이 부끄러워진다.

이제는 떠들썩하지 않고 조용히 안으로 안으로 생각을 모아가며 내 삶의 군더더기를 모두 떨구어내고, 없음으로 자유로워지는 노력을 해야 한다는 깨달음이 숙연한 아픔으로 온다.

참으로 오랜만에 딸과 함께한 여행, 세월이 흐른 먼 훗날, 딸의 마음 한 자락에 즐거웠던 모녀여행이 그리운 추억으로 남겨질 것이다. 이번 가을 여행은 자연 속에서 심신을 쉬게 해준 감사의 여행이었고, 스스로를 돌아볼 수 있는 개안을 도와준 여행이었다.

그날

아침마다 나는 스타벅스 커피 한 병과 전화기를 들고 상가가 즐비하게 놓여 있는 거리의 의자에 앉아서 활발히 움직이는 사람들을 구경한다. 이 도시에서 가까운 사람들, 그리운 사람들과는 멀리 떨어져 있고 주위 모든 것은 낯선 것들뿐이니 사람이 그리운 마음에서 생긴 새로운 내 일상의 한 모습이다.

그날도 그랬다. 커피 한 병을 다 마시고 집으로 돌아왔다. 한 시간 정도의 시간이 지난 뒤 전화해야 할 일이 있어서 전화기를 찾으니 보이지 않았다. 애가 타는 중에 아침에 전화기를 들고 나갔던 생각이 나서 단숨에 아파트 밖으로 뛰쳐나갔다. 내가 앉아 있던 의자를 향해 달려가면서 '분실되었구나. 어쩌지?' 하는 절망적인 생각이 들면서 하늘마저 노랗게 보였다.

그런데 이게 웬일인가. 내가 앉았던 자리에 빨간 커버의 내 전화기가 그대로 놓여 있었고, 고양이 한 마리가 전화기 앞에 앉아 있는 것이 아닌가. 반가운 마음으로 다가가자 고양이는 쏜살같이 달아났다. 지나는 행인 누군가가 전화기를 집어 갈 수도 있었는데 고양이가 지켜준 것이다. 감동과 고마움, 안도감이 내 마음을 채웠다.

살아오면서 나는 무작정 좋아하는 것과 무작정 싫어하는 것들이 꽤 많았다. 무조건 싫어하는 것 중에 하나가 고양이였다. 고양이에 대해 아무런 지식도 없으면서 그냥 싫어했다. 돌이켜 보면 내 잘못된 편견 때문이었던 것 같다. 어린 시절 내 할머니는 고양이에 대해 아주 부정적인 얘기를 해주시곤 해서 그 얘기를 들으며 자란 나는 고양이를 무조건 싫어하는 편견을 갖게 된 것이다.

살아오면서 우연한 도움을 받는 일은 인생에 깊은 영향을 끼친다. 그것은 내 시선을 수정하게 만들고 한 걸음 더 다가가게 하며 내 삶의 범위를 확대시킨다.

고양이와 손전화기, 가슴이 훅 더워지는 순간 나를 감동시켜 내 마음의 문을 열게 하며 유대감을 느끼게 하는 것은 우연한 도움을 받았을 때인 것이다. 내 전화기를 지켜준 고마운 고양이에게 아무런 보상도 하지 못해 줄곧 마음에 무거운 짐으로 남아 있었다.

허리 통증이 좀 가신 요즘, 아파트 주변을 산책하다 보면 나무 상자 안에 물과 열매 같은 음식들이 그릇에 가득 담겨져 있는 곳이 군데군데 보인다. 상자 위에는 '고양이 급식소' 아래 밑줄에는 '제주 캣 모임'이라고 적혀 있었다. 관심을 가지고 눈여겨보니 고양이들이 그곳을 들락날락하며 음식을 먹는 광경을 보게 된 것이다. 내가 거주하는 아파트 주변에는 길고양이들이 많다는 것도 뒤늦게 알게 되었다.

한 번쯤은 고양이들에게 고마운 내 마음을 전하고 싶어 캣모임이라는 곳을 찾아가 적은 성의라고 하며 고양이들의 식비를 전하고 돌아설 때 밀린 숙제를 끝낸 것처럼 기쁨이 차올랐다.

아무도 주목하지 않는 일이지만, 생명을 소중히 여기며 충실

하게 그 일을 수행하는 캣맘 여러분들의 수고는 이 세상에 숨겨져 빛을 보지 못한다 해도 아름다운 미담으로 남을 것이다.

지금까지 살아온 시간과 장소에서 이탈해 일상적으로 만나던 사람들과 결별한 채 전혀 다른 도시 생활에서 새롭게 많은 것들을 알아가고 배우고 있다. 계절이 바뀌면 견문으로 달라진 귀와 눈, 또 편견도 버리고 나는 미국으로 돌아가 그날의 일을 자주 회상하게 될 것이다.

죄송하지만 좀 도와주세요

매일 반복되는 똑같은 일상에서 잠시 벗어나 3박 4일 일정으로 몸이 아픈 친지를 찾아뵙기 위해 서울을 다녀오게 되었다. 여행에 관한 예약이 다 되어있으니 즐겁게 다녀오라는 딸의 인사를 받으며 설레는 마음으로 집을 나서 공항으로 향했다.

제주공항에 도착해 탑승 절차를 위해 여행사 프런트로 가 여권을 내미니 직원이, 아 저기 지정된 기계로 가셔서 탑승권을 빼가지고 오라는 것이 아닌가. 순간 이게 무슨 상황이지 난감했으나 알았다는 말을 남기고 기계를 찾아갔다.

탑승권을 구입하기 위해 기계에서 요청하는 단어들을 읽으며 버튼을 꾹꾹 눌러대도 해결이 되지 않았다. 기계 사용이 서툰

점도 있었겠지만, 도무지 단어의 의미가 무엇을 하라고 하는 것인지 이해가 되지 않았다. 도리 없이 나는 지나는 청년에게 '죄송하지만 좀 도와주세요.'라고 정중히 부탁을 했고 청년의 친절한 도움으로 탑승권을 손에 쥐고 다시 프런트로 갔다.

예전에는 여행 시 여행사 프런트로 가서 여권만 건네주면 그들이 다 알아서 탑승권과 짐을 부쳐주었는데, 지금은 절차가 달라진 것이다. 먼저 지정된 기계에서 본인이 직접 탑승권을 구입한 후 여행사 프런트로 가서 여권과 탑승권을 제시한 후, 짐을 부치는 절차였다. 새롭게 경험하는 절차를 거쳐 나는 비행기에 탑승했다. 탑승해 안도의 숨을 쉬면서 생각해보니 나는 내가 살아온 세계 속으로 걸어 들어가 스스로 문을 잠근 채 마치 잠이 든 사람의 꼴이었다.

김포공항에 도착해 시내로 들어가는 택시를 타라고 딸은 일러 주었지만, 택시비가 만만치 않을 것 같아 리무진 버스를 타기로 했다. 도시 외곽에 있는 친척 집으로 가는 방향의 버스를 타기 위해 나는 또 누군가에게 물어야 했다. 어느 여인이 알려준 대로 걸어가 내가 타야 할 정류장에 섰다. 마침 버스가 도착해 승차하려니 기사님께서 매표소에서 승차권을 구입해 타셔야 한다고 하는 것이다. 나는 버스에 오르지 못하고 바로 매표소로 갔다. "승차권을 부탁합니다."라고 말하니 직원이 여행사 직원과 똑같은 말을 했다. 옆에 기계에서 승차권을 빼라는 것이다, 갈수록 태산이라는 마음이 들었다. 이번에도 한 여인에게 "죄송하지만 좀 도와주세요."라고 말했고 여인의 도움으로 차표를 손에 들고 버스에 올랐다. 세월은 내가 알고 있던 것을 죄 허물어뜨려 나를 무력하게 했다.

이곳저곳, 이런 환경, 저런 환경, 이런 변화, 저런 변화 두루 경험해본 사람이 좀 더 내공 있게 잘 사는 경우라고 하는데 삶의 끄트머리에 걸터앉아 "좀 도와주세요"를 연발하며 여행하는 내 모습은 과연 잘 살고 있는 것일까 하는 의문이 바닷가를 덮치는 해일처럼 끝도 없이 밀려왔다.

마치 밤길을 홀로 걸으며 '도와주세요'라고 외쳤을 때 누군가 횃불을 들고 나타나 '이리 오세요' 하고 손짓해준 그런 3박 4일의 서울 여행을 마치고 제주 공항에 안착했다.

정류장에는 공항을 나온 젊은 사람들이 길게 열을 지어 버스를 기다리고 있었다. 나도 줄 끝에 서 있었다. 그때 외국인 남성이 내게 다가와 어느 동네에 있는 E-MART로 가는 방향의 버스를 타야 하는데 이 장소가 맞느냐고 물어왔다. 나는 잘 모르겠으나 버스가 도착하면 기사님께 물어서 알려 주겠다고 말했다. 마침 버스가 도착해 기사님께 물었더니 이 정류장이 아니라고 다른 곳을 알려 주었다. 나는 외국인에게 기사님이 알려 준 대로 설명을 했고 외국인은 감사의 인사를 남기고 떠났다. 그 순간 열 지어 섰던 모든 사람의 시선이 일제히 내게 집중했다. 아마도 할머니가 외국인과 영어로 대화를 하는 것이 신기했던 것 같다. '도와주세요'만 연발하던 내가 몇 달 만에 영어를 사용하며 누군가에게 도움을 준 것이 큰 기쁨이었다.

정보사회는 모든 것이 빠르게 변하는 것이 특징이다. 여행 중 예정에 없던 타인에게 도와주세요, 도와주세요 간청했던 지금과 다르게 살려면 신기술을 습득해야 한다. 자녀들은 엄마 나이에도 다시 배움을 시작할 수 있다고 격려해주지만 날로 감퇴되는 기억력에 자신이 없어지는 것이 내 현실의 문제이긴 하나 희망은 늘 낙심의 맨 밑바닥에 숨어 있다는 생각을 하며 용기를 내야 할 것 같다.

인간은 홀로 살 수 없는 존재이기에 서로 돕기 위해 태어났다고 한다. 어둠에 처하고 구차한 데 처한 사람들에게 도움을 주고받는 배려하는 마음이 충만한 사회이기를 바라본다.

눈 내리는 날의 일탈

눈이 내리는 아침이다. 창가에 서서 휘날리는 눈 구경을 하고 있는데, 친구에게서 전화가 왔다. 친구는 무엇을 하고 있느냐고 묻는다. 눈 오는 것을 보고 있다고 하니 "얘, 눈이 오는 날 왜 집에 있니? 밖으로 나가야지." 한다. 친구는 낭만적인 사람이다. 갈 곳이 없다고 하니 "왜 갈 곳이 없어 버스 타고 공항엘 갔다 오면 되지." 한다.

친구는 내 집에 와서 며칠간 나와 함께 지냈기에 이곳 사정을 좀 알고 있다. 집 앞에서 공항 가는 버스를 타고 공항에 내려서 차 한잔하며 여행하는 사람들 구경도 하고 자연도 보고 오라는 것이다.

내가 사는 아파트 앞에서 공항까지 운행되는 151번 좌석버스
가 있다. 그 버스는 구역마다 서는 것이 아니고 중요한 몇 곳만
서고는 제주공항까지 멈추지 않고 쭉쭉 달리는데도 한 시간이
소요된다. 공항까지 달려가는 길 좌우편에는 지구의 든든한 버
팀목이 되어주고 있는 울창한 숲과 대나무 숲, 억새들이 군락을
이루고 있어 자연환경 자체를 보는 것만으로도 힐링된다.

친구는 버스를 타고 왕래하는 길에 눈 내리는 경치를 즐기라
는 것이다. 나는 친구와 전화를 끊은 후, 서둘러 움직이며 공항
가는 버스에 탑승한 승객이 되어 눈 오는 야외경치를 감상하며
공항엘 도착했다.

공항 내에는 출발하고 도착하는 모래알처럼 많은 사람이 마
스크를 쓴 채 붐볐고 활발하게 움직이고 있었다. 옛날 70년대
공항의 모습과는 판이한 모습이다. 문주란의 〈공항의 이별〉이
라는 노래의 가사처럼 그 당시 공항의 모습은 이별이 슬퍼 서로
안고 눈물을 흘리는 사람들의 가슴 짠한 모습들이 주로 공항 내
분위기였는데, 지금은 그런 광경을 눈 씻고도 볼 수 없는 시대
로 바뀐 것은 디지털 문화의 혜택이 아닌가 싶다.

한참의 시간을 오가는 사람들을 구경하고 집으로 돌아오는 버스에 탑승했다. 달리는 차창 밖으로 보는 제주의 풍광에 빠져 넋을 놓고 앉아 있다가 그만 하차지점에서 벨을 누르지 못해 내려야 할 정류장에서 내리지 못했다. 나를 태운 버스는 마냥 생소한 길을 달려가고 있는 것이 아닌가. 버스가 멈추고 내가 내린 곳은 인적이 끊어지고 거리는 적막에 빠져 있었다. 마치 거래가 파한 후의 장터 같은 느낌의 거리였다.

강한 바람과 추위로 온몸이 떨려왔고 아무리 둘러봐도 집으로 가는 방향의 길을 알 수가 없었다. 일순간 세상 물정 모르는 늙은이 신세가 되어 길에서 방황하는 내 꼴이 참으로 처량하고 한심스러웠다. 무작정 버스 길을 따라 걷고 걸었다.

한참을 걸었다. 상점들이 있는 주차장에서 한 여인이 자신의 자동차에 오르며 차 문을 닫고 있었다. 뛰어가서 창문을 두드리자 여인이 창문을 내렸다. 나는 대뜸 제주국제교회를 어디로 가느냐고 물었다. 내 아파트 근처에 있는 그 교회 예배에 참석했던 일을 기억하고 있었기 때문이다. 여인은 "아, 그 교회요 여기서 좀 가야 해요. 여기서 쭉 내려가서서 좌로 꺾고 또 우로 가시면 돼요."라고는 말해주고는 휭 가버렸다.

그녀가 일러준 대로 걸음을 옮기고 옮겨도 교회는 나타나지 않았고 허허벌판만 보일 뿐이었다. 내 몸은 점점 기력이 떨어졌고 주저앉고 싶어지며 고통스러워 눈물이 났다. 그때 차 한 대가 길가에 서면서 열린 창으로 "할머니, 어서 타세요. 제가 모셔다 드릴게요." 하며 소리를 치는 것이 아닌가, 아까 길을 일러준 그 여인이었다. 세상에 이런 기적 같은 일이, 나는 염치 없이 냉큼 차에 오르며 감사의 인사를 했다. 그녀도 이 지역에 살면서도 때로 길이 헷갈려 헤맨다고 했다. 어려움을 경험한 사람만이 남을 향한 이해심이 크다는 생각을 잠시 했다.

코로나바이러스가 우리 일상으로 개입하면서 사람들은 서로서로 견제하면서 한 개체로 살고 있는데 낯선 사람에게 호의를 베풀 수 있는 아름다운 마음씨를 가진 그녀를 만나 뜨거워지는 감동의 순간을 갖게 된다는 것은 얼마나 귀한 일인지 모른다.

나는 그녀의 배려로 무사히 아파트에 도착했다. 감사의 작은 보답이라도 하고 싶어 그녀의 연락처를 알려달라고 부탁을 했으나 그녀는 아니라고 손사래를 치며 인사를 남기고 떠났다. 나는 한동안 서서 떠나가는 차의 뒷모습을 바라보았다. 우리가 살아가는 동안 여러 경우에 은혜를 입는다. 오늘 내게 은혜를 베푼 저 여인도 도움의 천사라는 생각이 들었다. 따뜻한 가슴을 나누어 감동을 주었던 그녀를 다시 만나 차 한잔 대접하고 싶은 마음이 간절하다.

적막에 갇힌 내 일상에서 벗어난 행위는 노년의 일탈이었다. 적막하고 평온한 일상에서 느끼는 노년의 삶, 행복의 지속을 잃은 하루의 일탈을 보내고 나서야 비로소 적막, 그 의미를 알게 되는 노년이다.

그렇게 말해준 그녀

우리는 사람들과 나누는 말속에서 하루하루를 살아가고 있다. 그중에는 좋은 말도 따뜻한 말도 있고 상처와 폭력이 되는 말도 있기에 말에 예민하다.

"엄마, 미국에서 가르쳤던 제자들이 방학이 되어 한국에 들어왔는데 식사하자는 연락이 와서 제주시를 나가야 해요. 엄마 혼자 온종일 집에 있는 것보다는 나랑 같이 나가서 내가 제자들과 식사하는 동안 엄마는 사우나를 하시는 것이 어때요?"

딸이 물어왔다. 나는 뜻밖의 제의에 기분이 좋아져서 그러겠다고 선뜻 대답하고 준비물을 챙겨 들고 딸을 따라나섰다.

목적지에 도착하여 딸과 헤어진 나는 해수사우나에 들어가서 열탕과 찜질방을 오가며 두 시간가량을 보내고는 약속 시간에 맞춰 밖으로 나와 로비에서 딸을 기다렸다. 마침 갈증이 느껴져 앞면이 통유리로 된 소 냉장고에서 물 한 병을 꺼냈는데 요금을 지불해야 하는 곳이 보이지 않았다.

프런트에 있는 여인에게 다가가 물값을 어디에서 받느냐고 물었다. 여인은 여기에 내면 된다고 해서 가방을 열고 돈을 꺼내 건네주는데 그 여인이 민망하게 나를 한참 빤히 쳐다보고 있는 것이 아닌가, 순간 '혹시 나를 아는 분인가? 그럴 리가?' 하는 생각을 잠시하고 있을 때 그 여인이 "어쩜 그리 고우세요." 라고 말을 하는 것이다. "네?" 나는 잘못 들었나 싶어 그녀를 쳐다보니 그녀는 "연세가 드셨는데도 참 고우세요."라고 재차 말을 하는 것이다.

여자로서 내 평생에 곱다든가, 예쁘다는 말을 들어 본 적이 없는 볼품없는 외모의 나였기에 그녀의 말을 듣는 순간 내 감정에 파란 불이 들어오며 저절로 붕 뜨는 기분이 되었지만, 나는 진짜 그런 내 속마음을 숨기고 "좋은 물에 씻고 나와서 그렇게 보이겠지요."라고 그냥 천연스럽게 감사의 인사를 했다.

집으로 돌아오는 내내 선물을 받은 아이처럼 기쁜 마음이 식지를 않았다. 그녀의 말이 그저 영혼 없는 칭찬의 인사였다고 해도 나는 그녀만의 선의에서 말을 한 것이라고 믿으며 따뜻한 에너지를 받았다. 그녀는 듣는 사람의 마음을 변화로 움직이게 하는 예쁜 말을 한 것이다.

말은 우리네 삶에 강력한 영향을 미친다는 것을 알고 있다. 나는 어떤 말을 하면서 살아왔을까 스스로에게 물어보며 지난 세월을 성찰해 보니 나이가 인격이나 품위를 보장해 주지 않는 것을 다시 깨우치게 된다. 누군가가 말했다. 좋은 대화와 말들이 쌓여야 삶이 단단해진다고. 좋은 말을 들었으니 나도 좋은 말을 하면서 그렇게 내 노년의 삶이 아름답고 품위 있기를 바라는 마음이다. 나의 인생이 아름다워야 다른 사람의 인생도 아름답게 보일 것이기에.

"참 고우시네요."라고 말해준 그녀의 말은 강렬한 행복감을 주었던 내 기억에 오래도록 남을 따뜻한 예쁜 말이었다.

세월을 이야기로 물들인다

한국에서 생활한 지 어느새 3개월 차가 되었다. 참 멀리 와 있다는 생각을 하곤 한다.

50년 전 미국에 이민 간 초기, 나는 다양한 문화와 언어가 다른 타국에서 적응하느라 힘들게 살았다. 대화가 통하지 않아 소통의 문제로 안타까웠던 시간을 보냈고, 그 나라 문화를 몰라 실수깨나 했었고 차가 없어 목적지까지 걸어 다니기가 일쑤였다. 그 시절 나는 두고 온 정든 사람들을 그리워하며 외롭게 살았다.

제주에서 지내며 지금 처한 환경이 마치 이민 초기의 내 삶을 방불케 한다. 구경하는 풍물도 다르고 만나는 사람도 생소하고 말도 다르다. 몸과 마음이 받아들여야 할 주변 여건이 판이하기 때문이다.

제주 자동차 주차 문화만 해도 미국과는 정반대이다. 한국에서는 후진으로 주차해야 한다. 제주인들이 사용하는 제주어(고찌놀멍, 배우게 마씸)가 있고 신세대들은 주로 줄임말로 소통을 한다. 나는 무슨 말인지 통 알아듣지 못하니 자연 대화에 섞이지 못하는 이방인이다. 차가 없으니 걸어 다닐 수밖에 없는데 옛날처럼 걷는 일도 쉽지 않다. 젊음의 다음 장에 있는 내 몸에 뻐근한 반응이 통증으로 몰려오기 때문이다.

한국에 구정 설 연휴가 시작되었다. 코로나 사태가 난 지 세 번째 맞는 설이라고 한다. 설은 흩어져 있던 가족들이 한자리에 모여 가족 간의 정을 나누는 고유의 민족 명절, 변화하지 않는 설 명절이다. 핵가족화되고 있는 사회에서 가족 공동체 의미를 되새겨 볼 수 있는 소중한 시간이나 오미크론의 기승으로 인해 가족 모임을 자제해주기를 정부는 당부하고 있으나 설 명절을 맞이한 사람들은 불안감과 위험을 감수하면서 고향길을 달려가는 차량들로 붐비고, 여행길에도 선뜻 나서고 있다. 이번 설 연휴에 20만 명의 방문객들이 제주를 찾을 것이라는 뉴스로 제주의 고민도 큰 것 같다.

한국을 떠나 산 50년 세월 동안 나는 구정 설을 한 번도 쇠어
본 적이 없다. 한국 체류 동안 설을 쇠게 되니 감회가 새롭다.
내게도 구정 설을 쇠던 한때가 있었다. 그때를 기억하면 '그때
가 참 좋았구나.' 하는 말이 저절로 나오면서 왠지 외로워지는
마음이 든다.

설날 아침이면 자녀들과 우리 부부는 한복을 차려입고 어머
님께 만수무강을 기원드리며 세배를 드렸고 자녀들에게도 세배
를 받으며 행복했던 시절이 있었으나 어머님과 남편은 가족의
기원인 만수무강과는 달리 오랜 투병생활 끝에 우리 곁을 일찍
떠나셨기에 즐거웠던 회상과 후회와 다시는 돌아오지 못하는
것에 대한 절망감이 담겨진다.

설을 맞으니 이제 나이를 한 살 더 먹는다. 나이가 들어가면
더욱 살아가는 사연이 쌓인다. 사는 것은 세월을 이야기로 물들
이는 것이다. 황혼 인생인 내 삶에 어떤 이야기들이 남은 세월
에 쌓여가며 물들여질지 스스로가 궁금한 물음표(?)이다.

서로 다른 유형의 추억

제주 이방인의 한 밤이 또 깊어진다. 오늘 하루도 나는 풀잎 사이에서 풀벌레 소리가 요란한 풀밭의 정기를 마시며 딱히 해야 할 일도, 지킬 약속도 없는 세상과 동떨어진 기분으로 숲 가 의자에 앉아 대화를 나누던 벗들의 부재로 쓸쓸함이 가슴에 파고드는 하루를 보냈다.

아파트 생활을 처음 해보는 나에게는 편리하다는 아파트 생활이 영 적성에 맞지 않고 싫다. 나는 아직까지 옆집에 누가 사는지 통 알지 못하고 대면조차 해본 적이 없다. 사람과 사람의 연대감이 사라지고 모두가 개체로 존재하며 이웃 간에 왕래하며 말을 섞는 정의 교류가 단절된 현대인들의 생활촌이다. 나는 아는 이들이 없는 적적한 아파트 생활에서 집순이로 살고 있다.

살아가면서 우리는 존재에 대한 만남을 갖게 된다. 만남의 존재를 통해 그 존재를 알게 되고 이해하게 되고 인식 전환도 하게 된다.

어느 날부터인가 나에게 말을 나누는 세 분의 벗들이 생긴 것이다. 만남이라는 것은 살아있는 행복이 아닌가, 한 분은 아파트 단지 내를 청소하는 아주머니고, 또 한 분은 앞 동에 거주하는 중년 아저씨, 또 한 분은 뒷동의 학원 여선생님이다.

청소 아주머니는 나를 만나면 반갑게 인사하며 잠시 일손을 놓고 나와 이야기 나누는 것을 좋아하셨다. 그녀는 7년 전 이 아파트 단지가 생기면서부터 쭉 일하고 있다는 것, 중년의 나이이나 결혼을 해본 적이 없는 처녀의 몸이라는 것 등등 자신의 개인사를 재미있게 들려주곤 했다. 나 역시 미국 이민 초기 아파트 청소 일을 해본 경험이 있어 고단한 일의 사정을 누구보다 잘 알고 있기에 자주 찬 음료수를 그녀에게 건네며 잠시 일손을 쉬게 하고 우리는 살아온 인생의 희로애락을 함께 나누는 말벗이 된 것이다.

그날도 나는 숲 가 의자에 앉아 있었는데, 렉서스 차 한 대가 주차장으로 들어왔다. 그런데 차에서 내린 중년의 남자가 내게로 다가와 미소를 띠며 "안녕하세요"라고 인사하는 것이 아닌가. 얼떨떨 결에 "아, 네." 나도 목례를 했다. 그는 가끔 나를 보았는데 한국 할머니 같지 않았다고 하면서 외국에서 새로 이사를 오셨냐고 물었다. 잠시 방문한 할머니라고 답하며 "렉서스 차를 타시니 반갑네요. 저도 같은 차를 탑니다."라고 하니 "아, 그러세요."라고 대화를 시작하여 그와 나는 같은 종류의 자동차에 관한 얘기를 나누었다. 그 중년은 우리 앞 동에 살고 있으며 본가는 서울이지만 사업하는 아내를 대신해 국제학교에 다니는 아들의 뒷바라지를 위해 제주에 와서 재택근무를 하며 직업상 일하고 있다면서 자신을 소개했다.

그날 이후, 앞 동 아저씨와는 자연스럽게 말벗이 되었다. 이 아파트 주차장에는 거의 벤츠와 BMW 외 고급 외제 차들로 가득한데, 눈을 씻고 보아도 일제 차는 볼 수 없다. 한국과 일본 간에 좋은 관계가 아니어서 일제 차를 타면 세인들의 눈총을 받게 되어 일제 차 구입을 꺼린다고 한다.

앞 동 아저씨는 나와 말벗이 될 때는 한국 정치, 경제 얘기. 세상 돌아가는 새로운 정보에 관한 얘기를 나누는데 주로 그가 들려주는 것이 대화의 내용들이었다.

애견과 저녁 산책을 하는 여인을 우연히 자주 마주치게 될 때마다 다정한 인사를 건넸고 동행한 그녀의 애견이 내게 반가운 표시로 꼬리를 치며 내 품으로 안겨 왔다. 그러면 그녀는 애견을 잡아끌며 애견의 행동을 저지하려고 애를 쓰기에 "괜찮아요. 내게서 아마 개 냄새가 나서 그럴 것이에요. 우리 집에도 '큐팁'이라는 같은 종류의 애견이 있어요."라고 말해주었다.

그렇게 애견에 관한 얘기를 공유한 것이 그녀에게 친근감을 주었는지, 우린 서로에게 가까이 다가가며 말벗이 되었다. 그녀는 행운을 가져온다는 귀한 네 잎 클로버를 따다 나에게 주며 행운을 빈다는 말도 잊지 않곤 했다. 그녀와의 대화는 주로 학교 교육에 관한 얘기와 이 시대의 학생들에 관한 얘기들이었다. 세 분의 말벗들과 자주 대하다 보니 우린 익숙한 사이가 되었다.

7월의 끝나가는 무렵 한순간 말을 나누던 말벗들과 이별이

다가왔다. 청소 아주머니는 직장에서 해고를 당하셨고, 앞 동 아저씨와 뒷동 여선생은 집주인이 집값을 올려 이사를 하게 되어 떠나게 된 것이다.

슬픈 현실이 아닌가, 8월이 오기 전에 그들은 서로 다른 유형의 추억을 나에게 남기고 떠났다. 회자정리 인생무상이다.

말을 나누던 벗들이 모두 떠난 후, 나는 인정을 그리워하며 무언가 늘어지듯 지탱하던 힘줄이 툭, 끊어진 상태가 되어 맥아리 없이 한동안 지냈다.

이제는 가을이다. 문득 나의 시간을 돌아보고 싶어졌다. 지난 세월 돌아보는 인생길에는 늘 떠난 사람의 빈자리에 또 다른 새 사람이 찾아와 그 빈자리를 채우곤 했다. 머지않아 또 누군가 나와 말을 나눌 말벗이 되어줄 새로운 사람이 다가오리라 기대하며 기다리려고 한다.

추억여행에서

한국에서 추석을 맞이했다. 추석은 흩어져 있던 가족들이 한 자리에 모여 떠난 조상들을 추모하며 서로의 정을 나누는 고유의 명절이다. 반세기 전 나는 미국으로 이민을 간 후, 그동안 문화가 다른 나라에 살면서 가족과 함께 추석 명절을 지내본 적이 없이 살아왔기에 추석 명절은 먼 옛날이야기 같고 낯설게만 느껴졌다.

추석 명절이 되면 명절 증후군을 앓는 사람들이 많다고 하니 추석 명절은 누군가에게는 축제지만 또 다른 누군가에게는 노동의 날이기도 하다는 것을 재발견하게 된다.

딸 내외가 추석 명절을 강원도 지방에 거주하는 시댁에 가서 지내겠다는 계획이었는데 시댁에서 시절이 위험하니 오지 말라는 연락을 해왔다.

계획이 변경되자 부산에서 혼자 지내는 사위와 함께 추석 연휴를 보내기 위해 우리 모녀는 제주에서 부산으로 갔다. 명절날 세 식구가 간소한 명절 밥상을 함께했다. 식사가 끝난 후, 딸 내외가 어머니 초등학교 시절을 추억하는 추억여행을 시켜드리고 싶다고 하는 것이 아닌가, 부산에서 마산은 가까운 거리니 차로 떠나자고 했다. 나는 고마운 감동이어서 선뜻 그러자고 했다.

6·25사변이 터지고 내 모친과 나는 마산으로 피난을 내려와 살았다. 그리고는 마산에서 초등학교를 졸업하고 마산여중도 다녔다. 이런 사연을 아는 딸 내외가 내 마음 밑바닥에 접어둔 그리운 추억을 상기시켜주고 싶은 효심에서 추억여행을 계획한 것 같다. 마산을 향해 가는 길에 가물거리는 기억 저편의 추억을 더듬어 보며 눈 앞에 펼쳐지는 풍경을 찬찬히 응시했다.

마산에 도착 후, 가장 먼저 내가 졸업한 초등학교를 찾아갔다. 교정에 들어서니 넓은 운동장이 한눈에 들어왔다. 운동장에

서 놀던 기억들이 수채화처럼 퍼져나가며 많은 기억이 깊은 곳
에서 딸려 올라왔다. 학교 건물과 내부를 돌아보는데, 옛 모습
은 간데없고 변해도 너무 많이 변한 새 건물들이 전망 좋은 중
산간 지대에 세워져 있었다. 72년의 세월이 흘렀으니 참으로
오랜 시간이 지난 것이다. 눈에 익은 것들이 사라진 것을 확인
하며 그리움만 남았다.

정문에 학교 이름을 새겨놓은 돌판 앞에서 기념사진을 찍었
다. 그때 그 앞을 지나던 중년 남성이 걸음을 멈추고 인사를 건
네며 "외국에서 오셨냐?"고 물었다. 그렇다고 하니 "어디에서
오셨냐?"고 다시 물어 미국 LA에서 왔다는 대답에 그분이 반색
을 하며 "부모님이 LA에서 사셔서 부모님을 뵈려 LA를 자주
갔었는데 지금은 두 분 다 돌아가셔서 LA를 간 지가 오래되어
그때가 그립습니다. 어르신을 뵈니 부모님을 뵌 것처럼 반갑습
니다."라면서 초면인 우리에게 식사 대접을 하고 싶다고 했다.
한 치의 경계심 없이 외지인을 반기는 그분의 모습은 놀라움을
넘어 감동으로 다가왔다. 내가 한사코 사양하자 차라도 대접하
고 싶다고 하셔서 더 이상 사양은 호의를 베푸시는 그분께 예의

아닌 것 같아 차 대접에 응했다. 곁에 있던 딸이 어떤 느낌에서 인지 그분께 "혹시 목사님이시냐?"고 물었는데 그분은 그렇다고 하시며 학교 근처 교회에서 35년 목회를 하고 계시다고 자신을 소개했다.

차를 나누면서 목사님께 마산시 발전상에 대한 많은 이야기를 들을 수 있었다. 시간이 꽤 지나 우리가 떠나야겠다고 하니 목사님은 우리를 위해 기도도 해주셨고 풍성한 먹거리와 꽃바구니까지 선물로 챙겨 주셔서 감사한 마음으로 받아가지고 왔다.

돌아오는 길에 여러 가지 상념들이 뇌를 스치고 지나갔다. 목사님과의 짧은 만남과 긴 이별, 이 모든 일들이 여호와 이레가 아닌가, 오직 감사하는 마음뿐이었다. 이번 추억여행은 단조로운 생활에서 잠시 벗어날 수 있는 여행이었고 다시 돌아오지 못하는 것에 대한 그리움과 또 새로운 추억이 쌓이는 여행, 그냥 행복하고 감사한 여행이었다.

제주의 여름날

여름을 지나는 제주의 날씨는 연일 폭염이 기승을 부린다. 푹푹 찌는 불볕더위에 몸에 물기가 바싹 마르며 몸과 마음을 지치게 한다. 힘겨운 하루는 지독한 무력감을 느끼게 한다. 가만히 있어도 땀이 줄줄 흐르니 빈번하게 짜증이 나고 아무 일도 할 수가 없다.

더위에 시달리다 보니 마치 브레인 포그(Brain Fog) 머리에 안개가 낀 것처럼 단 한 줄의 글도 쓰지 못하고 세월을 보내고 있는 나 스스로를 위로한답시고 그래 쉬는 것도 능력이라는 궤변으로 나를 감싸면서 잠시라도 이 일상을 벗어나고 싶은 마음만이 간절할 뿐이다.

하늘이 이런 내 마음을 아셨는지 서울에서 반가운 소식이 왔다. 모월 모일 모 장소에서 문학 행사가 있으니 참석을 바란다는 내용의 글이었다. 나는 다른 누군가를 만나기 위해 살아가고 있는 것인지 모른다는 생각을 하며 바로 서울행 비행기 탑승을 예약했고, 그다음 날 제주섬을 떠나 김포공항에 도착했다.

여행자가 되어 길에서 걸음을 뗄 때마다 내가 만나는 낡은 것과 새로운 것 사이에서 고민해야 하는 선택의 기로에 들어서곤 하며 눈 앞에 펼쳐지는 변화에 새로운 눈을 갖게 되는 것이다.

문학을 아끼는 선후배 문인들과 만남의 즐거운 시간을 보낸 후, 서울에서 모든 일정을 마치고 다시 제주도로 돌아가기 위해 공항으로 이동을 했다. 공항 내에는 휴가철을 맞아 어디론가 떠나기 위해 모여든 남녀노소의 여행객들로 공항은 활기가 넘쳐났다.

탑승 시간이 되어 나는 수속을 마치고 제주행 비행기에 탑승을 했다. 창가 곁에 좌석이라 창문을 열고 밖을 내다보고 있었다. 그때 이륙을 알리는 안내방송이 있은 후, 비행기가 움직이기 시작하자 활주로에서 일하시던 인부들이 일제히 일을 멈추고 움직이는 비행기를 향해 허리 굽혀 인사하며 손을 흔드는 것이 아닌가, 나는 그 장면을 보며 내 마음에 〈6펜스의 인연〉이란 글이 훅하고 들어왔다.

영국에 브룩크스라는 잘 알려져 있지 않은 불우한 시인이 있었다. 그는 옥스퍼드대학을 나온 천재였으나 일찍이 자살해서 작품이 그리 많지 않다고 한다. 그에 관한 이러한 글을 읽은 일이 있다.

그는 옥스퍼드대학을 졸업한 후, 긴 여행을 떠났다. 그때만 해도 비행기가 없어서 배로 해외여행을 할 때였다. 부두로 나갔다. 부두엔 떠나는 사람들, 그들을 전송하러 나온 사람들, 환송하는 음악대들의 나팔 소리, 북소리, 징 소리, 요란한 광경이었다.

작별의 손수건을 흔드는 사람들, 이별의 키스를 하는 사람들, 작별의 악수를 하는 사람들로 부두는 붐볐다. 그런데 브룩크스에겐 그런 사람이 한 사람도 없었다. 그야말로 그 많은 군중 속에 고독한 존재였다.

그런데 한 거지 소년이 있었다. 브륵크스는 그 소년에게 어슬렁어슬렁 다가갔다. 다가가선 "애, 너 이름이 뭐냐?" "왜요?" "글쎄." "네, 윌리암인데요." "오, 윌리암 군, 내가 네게 돈을 줄 테니 저 배 꼭대기에 내가 서서 배가 떠날 때 손수건을 흔들어 주지 않을래?" "네, 염려 마세요." 이렇게 문답이 오고 가고, 확답을 받은 브륵크스 시인은 6펜스를 거지 소년 윌리암에게 쥐여주었다. 브륵크스는 배에 올랐다. 그리고 윌리암과 손가락으로 약속한 장소에 서 있었다. 배가 떠나기를 기다리면서, 얼마간 시간이 지나서 배가 떠나는 신호를 했다. 고동 소리가 울려 퍼졌다. 배가 서서히 부두에서 떨어지기 시작했다. 윌리암만 쳐다보고 있던 외로운 천재 브륵크스 시인의 눈앞에 윌리암 군이 비쳐들었다. 그러면서 열심히 열심히 때 묻은 손수건을 흔들어 주는 그 고마운 윌리암이 눈물로 어려져 갔다. 부두가 까마득히 멀어져 갈 때까지 브륵크스는 꼼짝하지 않고 먼 그곳 윌리암이 손수건을 흔들어 주었던 그 자리만 보고 있었다. 그리고 돌아서선, 6펜스 때문에, 윌리암 군 때문에, 누구보다도 행복한 출항을 했다고 말했다.

나는 6펜스를 지불하면서 배웅을 받고 싶었던 외로운 시인의 감정에 크게 공감한다. 나 역시 낯선 곳에서 마중도 배웅도 받지 못하는 여행길을 왕래하며 마음에 허기를 느끼는 나 홀로의 외로움을 경험하기 때문이다.

생각지도 못했던 곳에서 손을 흔들어 주며 안녕히 가시라는 전송의 인사를 받는 기쁨이 감사의 선물로 다가왔다. 감사한 것을 감사하다고 느낄 때 나는 행복했기에 새로운 기운을 얻으며 불볕더위의 제주에서 여름날들을 살아낼 것이다.

오일장터

한국을 찾는 외국인들이 가장 한국다운 분위기와 체취를 느낄 수 있는 곳의 하나로 동대문시장과 남대문시장을 꼽는다고 한다. 한국뿐만이 아니라 어느 나라에서건 그 나라의 특색과 그 나라 사람들의 생활을 가장 뚜렷하게 직접적으로 느낄 수 있는 곳이 아마 시장일 것이다. 그래서 어느 곳을 가든 시장 구경은 흥미진진한 관광거리가 된다.

나 역시 시장 나가기를 좋아한다. 권태로운 날이거나 우울한 날이면 더욱 좋다. 인파가 가득한 시장은 생기 있는 삶의 현장이다. 그곳에는 우리 인간 세상의 모든 희로애락이 함께 숨 쉬는 곳이기 때문이다.

제주도에서 지내는 동안, 1자와 6자가 들어있는 날은 정기적으로 아침 일찍부터 대정읍 오일장이 선다는 소리를 들은 후부터 나는 딱히 사고자 하는 물건이 없어도 편한 옷차림을 하고 장터로 가기 위해 길을 나선다.

장터 입구에 들어서면 옷차림이 현란한 무명 가수의 신바람 나는 노래가 확성기를 타고 사방으로 울려 퍼지고 있는 것이 재미난 볼거리이다. 장터 안으로 발걸음을 내딛는 순간부터 생선 냄새와 야채 냄새가 전신을 에워싸며 야릇한 생동감과 생명의 의욕이 솟구쳤다. 장터 안에는 생선, 야채, 정육, 다양한 떡들, 반찬, 과일, 기름, 옷, 신발, 가방, 과자, 제주 특산물들, 족발과 김이 오르는 순대들이 쌓여있었고, 직접 심고 공들여 키운 채소들이 흙냄새를 풍기며 할머니들의 광주리에 담겨 손님을 기다리고 있다.

억양이 다른 제주 사투리의 정다운 가게 주인들은 맛 봅써께, 아주 맛이쑤다, 골라 골라봅쎄, 쉬멍 쉬멍 구경합쎄 등 이런 음성이 사람들을 부르며 발걸음을 멈춰 서게 한다. 장바구니를 든 남녀노소의 손님들은 어느 가게의 물건들이 더 싱싱하고 싼가를 겨누며 장터를 한 바퀴 돈 뒤에 사고자 하는 물건들을 고르며 물건값을 깎기도 하고 덤이라는 공짜를 더 받기도 한다. 정돈되고 깨끗한 물건들을 마음대로 골라 담아 계산대에서 계산만 하는 슈퍼마켓과는 다른 정취를 느끼게 하며 정을 주고 정을 사는 인간적인 분위기를 느끼게 한다.

장터 뒤에는 물건들을 싣고 온 자동차들이 줄줄이 늘어서서 창고 역할을 하며 팔리는 대로 연방 새 물건을 들고나온다. 활기차게 열심히 주어진 삶을 살고자 하는 의지의 사람들이 있는 장터에 사람들이 붐비는 것은 다만 물건을 산다는 그 이상의 것, 훈훈한 인정을 찾는 사람들의 마음 때문이 아닌가 한다.

장터의 상인들은 대를 이으며 장사를 하는지 부부, 아버지와 아들, 어머니와 딸, 형제들이 함께 하는 가족애로 단합된 모습 같다. 아침 9시경부터 12시까지가 제일 붐비는 시간이고 오후 대여섯 시경이면 파장이다.

왁자하던 아침 시장과 달리 끝의 파장은 한적해 쓸쓸한 느낌이 든다. 저무는 저녁, 포장을 거두고 남은 물건들을 차에 옮기는 손길들이 분주하다. 다 팔지 못한 채소가 담긴 광주리를 든

허리 굽은 할머니의 은빛 머리칼이 바람에 날리는 모습은 가슴 짠한 파장의 적막을 한층 더 깊게 한다. 파장의 잔영은 좀처럼 눈앞에서 사라지지 않는다. 많은 해를 망각의 여백 속에서 묻어 두었던 풍경이었기 때문이리라

집으로 돌아와 장터에서 산 물건들을 펼쳐놓으니 왠지 즐겁고 마음이 포근해진다. 성실히 살아가는 사람들 대열에 끼어 하루를 보낸 즐거움이 행복감을 안겨 준다.

오일장터, 그곳은 활력을 파는 곳이며 인생을 파는 곳이다.

나잇값

제주에 체류하며 새해를 맞았다. 새로운 출발은 삶의 또 다른 시작을 뜻한다. 2022년이란, 열차로 갈아탄 나는 새 열차의 승객이 되었다. 미지의 길을 떠나는 자의 설렘도 두려움도 안고 있으나 새 열차에 탑승하게 된 것만이 감사할 뿐이다.

우리들의 모든 삶은 인생길 위에서 존재한다. 길을 따라가며 길 위에서 인생의 쓴맛 단맛을 맛보지만, 그 길은 미래로 가는 통로이기에 희망을 품게 한다. 생명 있는 모든 것들이 자신 속에 씨앗을 품고 있듯이 우리는 살아있는 동안 새로이 시작할 수 있는 힘과 의무를 지니고 있다. 살아있다는 것은 언제든지 다시 시작할 수 있다는 용기와 가능성 때문에 귀한 것이다. 더욱 희망은 미래로 향한 소망의 하늘빛이다.

새해의 의미는 무엇을 새로 시작할 수 있다는 데 있다. 우리가 의미를 부여하지 않으면 의미 있는 것은 없고 새로워지려는 마음이 없으면 새로움이란 없을 것이기에 삶에 새로운 의미가 담겨져야 할 것 같다. 삶은 새로운 것을 받아들일 때에만 달라지며 발전한다.

산전수전을 다 겪은 나이면서도 지금까지 나는 잘한 일에 잘했다고 칭찬하는 것에 인색했다. 비판하는 건 쉬우나 칭찬을 제대로 해주는 건 어려운 일이었다. 올바른 칭찬을 하기는 올바른 비판하기보다 훨씬 더 어렵기 때문이다. 칭찬을 제대로 한다는 것은 예술이라고 한다. 칭찬할 만한 일이 아닌데 칭찬하면 아부나 아첨이 된다. 아첨꾼들의 무기는 허황된 칭찬이다. 칭찬은 고래도 춤추게 한다고 하는데 하물며 사람들이야 허황된 내용의 칭찬이라 할지라도 칭찬을 받으면 누구나 신바람이 나고 춤출 듯 기쁜 것이다.

사람의 본성은 남에게 인정받고 존경받고 싶어 한다. 남에게 존경받고 싶으면 먼저 남을 칭찬하면 존경을 받을 수 있는 처세의 비결이 있으나 사람들은 너나없이 시기 질투하는 마음이 있어 남을 칭찬하는 일에 인색하다. 존경은 받고 싶은데 칭찬할 줄 모르는 사람은 염치없는 사람일 것이다.

빠르게 변하는 세상을 살아내려면 나이 벽 속에 나 스스로를 가두지 않고 생각이 달라져야 한다. 해가 바뀔 때마다 거창한 계획을 세워놓고 번번이 의지박약과 용두사미의 자신을 나무라며 후회와 반성을 하는 것보다 내가 실현하고 싶은 소망을 품고 기도할 때, 신이 처리해 주신다는 말이 있다.

올해는 우선 마음에 유연성을 가지고 남을 칭찬하는 습관부터 챙겨야 하겠다. 나잇값을 하며 어른답게 살기 위해서는 연륜에 걸맞은 행동을 하는 것이야말로 나잇값을 하는 것이리라. 칭찬하는 너그러운 마음, 이타심을 가지고 세상을 보는 지혜로 한 해를 살고 싶다.

새로운 시작에 대한 열망, 변화에의 열망이 없다면 매일 매일 모든 일과 관계는 똑같이 되풀이되는 지루한 일상의 궤적에 지나지 않게 될 것이다. 비록 작은 일이지만 하루하루 칭찬하는 습관의 실현이 쌓이고 쌓이면 남을 위해 쌓아 올리는 덕행도 시간과 공간을 넘어 나를 새로 보이게 하는 무형의 재탄생이 될 것이다.

　새 길의 출발선에 서서 가족은 물론, 나와 인연된 사람들과 인생길을 같이 가며 그들이 잘한 일이 있을 때는 서슴없이 잘했다고, 언어의 예술, 즉 남의 기분을 배려하며 나를 표현하는 화법으로 아낌없이 칭찬해주고 정신적 후원자가 되어주는 나잇값을 하는 어른답게 살겠다는 소망을 품고 태양처럼 밝고, 뜨겁고, 활기차게 달려가려 한다.

새봄을 맞고 싶다

나직하고 그윽하게 / 부르는 소리 있어 / 나가보니 아, 나가보니…

변영로 선생의 〈봄비〉라는 시가 떠오르는 계절이다. 겨울 동
안 메말라 있던 굳은 땅을 녹여주며 내리는 나직하고 그윽한 봄
비 소리는 만상의 잠을 깨우는 소리이다.

매서웠던 겨울이 물러가고 봄이 온다. 생명이 꽃피는 계절이
찾아오는 것이다. 봄이란 말만 들어도 마음이 흥겨워질 만큼 기
쁨이 크다. 길고 어두운 터널 같은 겨울이 지난 뒤에 맞이하는
봄은, 희망의 계절이 아닌가, 비어있어 삭막하고 황량하기 이를

데 없는 자리에 봄 물결이 그득히 밀려들 것이다. 마른 가지마다 돋아나는 새싹에 꽃이 핀 백매화, 홍매화, 노란 유채꽃이 아름답게 피어 개화의 소식을 전할 것이다. 훈풍이 불고 만물이 다시 소생해 오르는 광경을 보는 것은 감격스러운 일이다. 추운 겨울을 견디어낸 인내의 대가로 받는 자연의 선물이다. 환상적인 분위기를 자아내는 봄은 정녕 생명이 약동하는 기쁨의 계절이다.

사람이 사는 인생길에도 봄 여름 가을 겨울, 사계가 있다. 복을 타고나 평생을 굴곡 없이 평탄하게 사는 특별한 경우의 사람들도 있지만, 대부분 사람은 매서운 한파가 지나는 겨울이란 인생의 고통을 경험하며 그 어려움을 직시하면서 더 성숙해지는 삶을 살게 된다. 어떤 사람에게는 봄이 먼저 오고 나중에 겨울이 찾아오는 경우도 있고, 또 겨울이 먼저 온 다음 봄의 은총을 맞는 사람도 있다. 겉보기와 다르게 모든 인생은 비슷하게 힘겨운 짐을 지고 있다는 말에 나는 공감한다.

예외일 수 없는 내 인생에도 어느 날 질병이 마치 전보처럼 내 가정에 배달되고 남편이 건강을 잃어갈 때 내 가정에는 영하의 추운 겨울바람이 몰아쳐 와 한없이 슬프고 고단했다. 가슴 깊은 곳에 숱한 아픔을 품어 안은 채 살아오느라 남모르는 눈물을 수없이 흘렸고 내 모든 희망은 휴지 조각처럼 너덜너덜하게 나부끼었다. 가장을 잃어버리게 된다는 상실의 두려움, 그 두려움은 마치 고아의 심정이었다. 삶이 무엇이며 생명이 무엇인가? 끝없는 회의에 몸부림치는, 허망함이 뼛속까지 스미는 비애의 계절이었다. 인간이란 존재가 더 할 수 없이 하잘것없는 것으로 전락하고 무기력함이 드러나는 처량하기 짝이 없는 겨울의 한가운데 서서 나는 배신당한 여인처럼 바람 속에서 헤매며 방황했다.

남편이 육신의 옷을 벗고 영생의 기쁨이 있는 하늘나라로 떠난 후, 미망인 된 내 인생의 모진 겨울은 끝자락에 와있었다. 남들보다 일찍 찾아온 인생의 겨울을 겪고 나니 지금은 웬만한 시련과 고통쯤은 거뜬히 견디어 낼 수 있는 체질이 몸에 배게 되었다. 홍역을 앓고 나면 면역이 생기듯이 시련에 면역이 생긴 것이다.

이제, 봄이 온다. 산천이 모두 단장하고 삶에 기쁨을 주는 계절이 돌아오는 것이다. 어둡고 추웠던 겨울은 지났기에 따사로움은 더한층 벅찬 감격을 안겨줄 것이다. 우리의 삶에도 빛이 깃들고 우리들의 몸과 마음에도 따사로움이 깃들며 새로운 의욕이 용솟음치게 된다. 또한 새삼 삶의 뜻이 새겨지며 인생은 즐거운 것으로 확인된다.

봄 햇살에 내 몸 안에 어디엔가 숨어 있던 싱그러운 기운 같은 것이 몸 안 가득히 고일 것이다. 열심히 부지런히 산다는 것은 정신적, 물질적 여유를 만드는 행복이고 안정되는 삶이다. 여유 있는 생활만이 지나온 시련의 세월을 그리움으로 뒤돌아보게 할 것이다.

모든 생명이 빛과 따사로움을 향해 나아가듯 아름답고 찬란한 봄날을 이 제주에서 마중할 때, 몸이 더 이상 아프지 않고 하는 일에 혼신의 힘 다하면서 봄을 향하여, 희망을 향하여 힘차게 나아가는 새봄을 맞고 싶다.

3부

돌담을 따라 걷다

새로운 세상으로 건너기

그리웠던 고국에 도착해서 제일 먼저 해야 하는 건 2주간의 자가 격리였다. 딸네 집 안에 감금되어 외부와의 접촉이 차단된 채 하루하루 자유의 몸으로 풀려나기를 손꼽아 기다리는 기다림의 시간들을 보냈다.

자가 격리 중 가장 힘들고 싫었던 건 새벽 2시나 4시에 위치 추적 확인 전화를 받는 것이었다. 그때 잠에서 깨고 나면 다시 쉽게 잠들 수 없어 뜬눈으로 밤을 새운 적이 한두 번이 아니었다. 그런 상황 속에서도 모든 것은 흘러가게 마련이다. 구름도 흘러가고 세월도 흘러갔다. 시간도 쉼 없이 흘러갔기에 2주간의 죄인 아닌 죄인으로 감금되었던 신세에서 풀려나서 자유의 몸이 되었고, 기다림의 시간도 끝이 났다.

　12월 초 나는 제주 국제영어도시라는 곳으로 거처를 옮겨와 한국에서의 생활이 본격적으로 시작되었다. 아침에 눈을 뜨면 어제와 달라진 오늘을 온몸으로 느끼게 된다. 세월이 빠르다는 것은 누구나 느끼고 있는 사실이다. 나이를 먹으면 그 사실이 더욱 확연해진다.

　어제처럼 오늘도 태양은 쉬지 않고 또다시 떠오른다. 나는 고층 아파트 창문을 통해 밖의 아침 풍경을 바라본다. 시야에 들어오는 모든 것들이 낯설고 신기하나 자연과 사람이 공존하는 도시의 풍경이 한 폭의 그림을 보는 같이 아름답다.

　아파트 주차장에 열 지어 주차된 차들은 거의 MERCEDES-BENZ와 BMW 외제 차들이다. 미국에서보다 더 많이 고급 차들을 보는 것이 참으로 놀랍다.

　한국에서 보고 듣는 일들에 놀라는 것이 참 많아졌다. 아파트 생활이 처음이어서 아파트 생활을 잘 모르는 나는 하면 안 되는 일들을 요즘 딸에게 교육받고 있다. 지켜야 하는 규칙이 하나둘이 아니다.

아파트 출입문의 비밀번호, 집 문 비밀번호, 쓰레기 분류법, 음식 쓰레기 버리는 번호 등등 나 같은 시니어들에게는 까먹지 않도록 기억해야 하는 일들에 여간 스트레스를 받는 것이 아니다.

하루는 약간의 현금을 주머니에 넣고 아파트 주변 상가를 구경나갔다가 '잔치국수'라는 음식점 간판을 보고 구미가 당겨 음식점 안으로 들어섰다. 주인으로 보이는 남자분이 계셨다. 한 테이블에 자리를 잡고 앉아 있는데도 주문을 받으러 오지 않아서 "저, 주문하고 싶은데요." 했더니 주인은 퉁명스러운 어조로 "저기 기계로 주문하세요." 하는 게 아닌가. "기계요!" 나는 난감했다. "저 좀 도와주실래요?" 했더니 다가와서 "이렇게 이렇게 하시고 카드 결제를 하시면 된다."고 하는 것이 아닌가. 카드가 없으니 또 난처했다. 현금지불은 안 되느냐는 내 물음에 안 된다고 딱 자르는 대답을 해서 도리 없이 음식점을 나왔다. 그리던 고국에 와서 잔치국수 한 그릇 못 먹고 걸음을 옮기는 내 어깨를 스치는 바람이 차가웠고 겨울 인생이 처량하고 슬펐다. 달려가는 세상에서 한때 내가 살았던 시절은 이미 사라졌다는 소멸의 아픔이 가슴 저미는 아픔으로 가득 몰려들었다.

아파트 주변의 상가에서 물건을 구입할 때도 현금거래가 아니라 계산은 카드 계산이다. 오직 오일장 같은 시장에서는 현금 지불이 가능하다. 당연하게 여겨왔던 그 어느 것도 더 이상 당연하지 않게 된 것이다.

인생의 겨울을 지나는 할머니, 아직도 20세기에 머물러 있는 나는 시대에 뒤떨어진 구식 사람이다. 할머니의 시선으로 본 세상은 내 생각대로 살아지지 않고 모든 것이 기계화된 시대의 흐름 속에서 더는 할머니인 내가 스스로 혼자 할 수 없는 현실 앞에 좌절의 마음이 나를 우울하게 한다.

머지않아 깊고 어두운 생명 저편으로 밀려날 겨울 인생이지만 내 앞에 열려진 이 새로운 세상을 건너기 위해서는 옛사람을 벗어버리고 새사람이 되어야 하리라. 신기술과 친해져야 하고 전에 접하지 못했던 환경 속에 직접 뛰어들어야 새로운 것들을 습득하게 될 것을 생각하니 머리가 핑핑 돈다.

셀프 시대

제주살이 9개월이다. 이제 나는 어느 사람의 도움 없이도 나 스스로 생활할 수 있음에 감사하고 또 즐겁다. 그것은 내가 운전을 해서 내가 가고 싶은 곳을 가게 된 것이다. 옛말에 서당 개 삼 년이면 글을 읊는다고 하더니 내가 지금 그런 형국이다. 제주살이 9개월이 되니 내가 거처하는 지역 주변의 길을 알게 된 것이다. 숲이 우거진 길을 운전하며 달릴 때는 숨통이 트이는 기분이다.

내가 찾아가는 곳은 서귀포시에서 열리는 오일장 장터와 산방산 근처의 탄산온천, 어깨 치료를 위해 매주 찾는 정형외과와 주일날 교회에도 간다. 노상 아파트 단지 내에서 뱅뱅 돌던 일상에 변화가 일어난 것이다.

나는 시장 가는 것을 좋아한다. 딱히 구입해야 하는 물건이 있어 가는 것은 아니다. 그냥 권태로운 날이거나 우울한 날에는 시장에 간다. 생기 있는 삶의 현장, 우리 인간 세상의 모든 희로애락이 팔팔 살아 숨 쉬고 있기 때문이다. 오가는 손님들을 놓치지 않으려는 장사꾼들의 치열한 생존경쟁만이 있다. 장터 안에는 일상에 필요한 온갖 물건들이 쌓여있고 직접 심어 키운 채소들이 흙냄새를 풍기며 할머니들의 광주리에 담겨 손님을 기다리고 있다.

제주도 특유의 사투리로 호객하는 가게 주인들, 맛 봅써께, 아주 맛이 쑤다, 골라 골라봅쎄, 쉬멍 쉬멍 구경 합쎄… 등 다정한 목소리도 좋다. 정돈되고 깨끗한 물건들을 마음대로 골라 담아 계산대에서 계산하는 슈퍼마켓과는 달리 사람 사는 정취와 인간적인 분위기를 느끼게 한다. 활기차게 열심히 주어진 삶을 이겨내는 사람들이 있는 장터에 사람들이 붐비는 것은 다만 물건을 산다는 그 이상의 것, 훈훈한 인정을 찾는 사람들의 마음 때문이 아닌가 한다.

몇 주 전부터 목에서 어깨까지 주야를 막론하고 심한 통증과 팔저림으로 고통 가운데 지내다 병원을 찾았다. 엑스레이상에 나타난 결과는 뼈가 내려앉으며 신경을 눌러와 받는 통증이라는 진단이었다. 의사 선생은 나이에서 오는 병이니 완치되거나 회복은 어려우니 약 복용과 물리치료, 도수치료를 겸하며 통증을 줄여야 한다는 말씀이셨다. 결국 세월이 주는 선물이 아닌가. 주신 선물 감사하면서 치료를 위해 부지런히 병원 길을 왕래한다.

내가 좋아하는 것 중에 하나가 목욕이기도 하지만 요즘은 통증이 심한 부분을 산방산 탄산 온천물에 담그고 싶어 매주 온천장으로 달려간다. 이곳 온천수에 포함된 탄산가스는 모세혈관을 확장시켜 혈압을 낮추고 심장의 부담을 덜어주는 효과가 뛰어난 것으로 알려져 있다. 온천물에 몸을 담그고 있노라면 기분이 좋아진다. 그것은 쌓인 긴장이 풀리면서 기분이 산뜻해져 나오는 감정 중후의 생리적인 반응이다. 뭉친 어깨에 근육이 풀리기에 내게 있어 목욕은 피로회복제이고 운동 대용이고 레저이다.

목욕탕에 풍경은 나체족들의 전시장 같다. 전혀 부끄러움을 모른다. 감추어진 부분은 한 군데도 없는데 고개를 숙이거나 몸을 오그리는 사람이 없다. 정정당당하게 온 나체를 흔들면서 다니는 광경은 그대로 육체의 민주주의다.

목욕은 육체의 청소다. 육체뿐 아니고 정신의 청소도 된다. 육체에서 오는 상쾌감 때문에, 정신이 맑아지는 기분 때문에 나도 그렇고 다른 사람들도 탄산 온천장을 꾸준히 찾는 것 같다.

주일이면 우리를 부르시고 도움으로 인도해 주시는 주님을 뵈러 운전대를 잡고 기쁨으로 교회로 달려가 예배를 드리고 돌아오곤 할 땐 나 혼자 힘으로 할 수 있다는 셀프는 감사이고 축복이라는 생각을 한다.

지금 이 시대는 모든 일에 셀프를 요청하는 시대가 아닌가. 이제는 노인들에게까지 셀프 부양을 요구하는 현실이기에 노인들에게는 슬픈 생존의 방법에 처하게 한다. 자식들에게 짐이 될 수 없는 부모들은 불편한 몸을 이끌고 폐지를 줍거나 청소 일을 하며 생계를 유지해야 하는 뼈아픈 셀프시대를 살고 있는 것이다.

인생이란, 폭풍우가 지나가길 기다리는 것이 아니라 퍼붓는 빗속에서 춤추는 법을 배우는 것이라는 말이 마치 셀프는 나를 나로 단련시켜 주는 힘이 되어 셀프 시대를 활발하게 살아가게 할 것이라는 말로 들린다.

서빙하는 로봇

아침에는 창밖으로 겨울꽃 눈이 내리고 있다. 가을에 한국으로 왔는데 어느새 겨울에 서 있다. 세상이 정말 빠르게 변하고 있다.

아침에 눈을 뜨면 어제와 달라진 오늘을 온몸으로 느끼게 된다. 21세기에 들어서고는 그 속도가 더욱 빨라진 듯하다. 제주생활 3개월에 접어들면서 보고 듣는 일들과 또 듣는 뉴스에 놀라고 놀라는 것이 너무나 많아져 내 삶 속에서 새로운 세상을 발견하는 순간이고 이런 시대의 흐름 속에서 나만 제외된 존재였던 것이 아닌가 하는 생각마저 든다.

며칠 전 지인이 점심 초대를 했다. 그녀는 요즘 한국 음식만 계속 드신 것 같으니 피자(pizza)를 대접하고 싶다는 배려의 마음을 전해왔다. 우리 일행은 한 시간여를 운전하여 맛있기로 소문이 난 피자집에 도착했다.

그날 나는 내가 본 것들에 큰 충격을 받았다.

피자집에 입장하기 위해 입구에서부터 긴 줄, 한없이 길게 늘어서 저마다 핸드폰을 들여다보며 차례를 기다리는 사람들의 모습에도 놀라웠지만, 더욱 놀란 것은 우리 차례가 되어 음식점 안으로 들어선 후였다. 안내된 테이블에 앉았다.

그런데 테이블 위에는 음식을 주문하는 메뉴가 들어있는 작은 기계가 있었고, 그 기계에게 손님이 음식을 주문하는 시스템이었다. 주문하고 났더니 사람이 음식을 갖다주는 것이 아니고 로봇이 주문한 음식을 배달해 주는데 로봇이 실내를 이리저리 돌고 돌면서 번호표가 붙어 있는 손님의 테이블로 정확하게 음식을 서빙하는 게 아닌가.

로봇에 관한 얘기를 듣기는 했으나 내 눈으로 직접 보는 일은 처음이었다. 큰 충격을 받고 새로운 변화에 유연하게 대처하지 못하고 혼이 나간 사람처럼 음식을 앞에 놓고 한동안 멍하니 앉아 있었다. 인력난에 빠진 음식점에서 서빙을 하는 로봇, 우리의 삶 인간의 일상 영역에 로봇이 깊숙이 들어와 있는 것이다.

식사를 마치고 근처 카페 문을 열고 들어서니 카페 안에는 젊은 사람들로 꽉 차 있었다. 우리 일행도 한자리를 차지하고 앉아 담소를 나누는데, 옆자리에 젊은이들이 큰 소리로 얘기를 하기에 자연 그들의 얘기를 듣게 되었다. 그런데 분명 한국말인데 무슨 말인지 통 알 수가 없었다. 그들이 사용하는 언어는 거의 줄임말이었다. 예를 들어 빼박켄트(빼도 박도 못한다), 솔까말(솔직히 까놓고 말해서) 등 이런 식의 준말이어서 세대 차이에서 오는 소통이 단절되는 언어들이었다. 어느새 줄임말은 신세대들의 생활 속에 깊숙이 침투되어 있었다. 빠르게 변화하는 사회에 맞춰 언어 또한 빠른 속도로 생성되고 있는 것이나 무분별한 줄임말로 우리말의 가치가 훼손되고 있음이 가슴이 아팠다.

인생의 겨울을 지나고 있는 할머니, 아직도 20세기에 머물러 있는 나는 시대에 뒤떨어진 구식 사람이다. 테크놀로지의 종합예술이라고 할 만큼 로봇은 인간과 교류하고 학습하면서 고도의 지능을 갖춘 존재로 진화하고 있다. 기술이 진화하는 시대의 흐름 속에서 앞으로 세상은 곧 로봇이 사람들과 밀접하게 공존하는 시대가 될 것 같다. 기술이 진화하는 시대의 흐름 속에서 할머니의 시선으로 보는 신세계이다. 산다는 것은 배움의 연속이 아닌가, 모든 것이 기계화되어가는 세상에서 남은 세월 생존을 위해 할머니로서 이 시대를 배워 갈 수 있을까 하는 걱정이 앞서 좌절의 마음이 나를 우울하게 한다.

돌담을 따라 걷다

제주에서 어딜 둘러보든 쉽게 눈에 보이는 것은 검은 줄로 뻗은 돌담들이다. 지금은 익숙해졌지만 처음 제주에 와서는 이색적인 풍경 중의 하나가 돌담들이었다. 돌담은 화산성 바람이 함께 만든 대표적인 상징적 경관이다.

제주에 체류하는 동안 나는 마음에 드는 돌담길을 걷는 것이 즐거워서 매일 아침 돌담길을 산책한다. 마을에 고스란히 남아 있는 돌담을 보면 인공물임에도 자연미를 풍겼고 질서적인 배경을 통해 부드러운 곡선에 정감을 느끼며 삶의 흔적, 마을의 연륜을 읽을 수가 있어 감탄사가 저절로 나왔다.

도시의 담장은 시멘트로 둘러친 집들이 많다. 시멘트의 담장은 딱딱하고 차가운 인상을 주며 가둠의 인상을 주나 제주 돌담은 바람과 달빛이 드나들 수 있도록 열려있는 담장 같다는 느낌을 들게 한다. 돌담 곁에는 사계절 꽃이 피고 돌담 아래는 늦게 핀 청초한 수선화가 여유롭게 기울어진 햇살을 받는다. 그런가 하면 유채꽃이 질 무렵 돌담의 키를 넘으려는 보리의 춤추는 물결도 환상적이다.

돌담은 오랜 세월을 걸쳐 선조들이 쌓은 노동의 축적, 이름 모를 사람들의 대지의 예술이다. 태풍이 불어와 이 빠지듯이 무너진 돌담을 후손들은 세대를 이어 쌓고 쌓았다. 시간의 힘은 실로 무섭다. 돌 하나에 깃든 작은 손노동도 시간이 뭉쳐지면 길고 긴 검은 줄기로 뻗은 돌담의 행렬로 변하여 뿌리박고 살아온 제주인들의 정서와 얼이 배어있어 은근한 멋을 느끼게 해준다. 그런 면에서 보면 돌담은 민중 문화의 산실이다. 제주인들의 손으로 탄생시킨 돌담이고 그들은 돌담과 함께 살아가고 있다. 돌담은 자연과의 경계를 놓는데 불과할 뿐 가장 밀접한 거리에서 서로 닿아있음을 느끼게 한다.

제주에는 온 섬 전체에 널려있는 것이 돌이다. 돌은 제주를 대표하는 문화적 지표가 되고 있다. 삼다 중에서도 돌이 많다는 것을 가장 먼저 강조한다. 사람이 사는 집, 짐승이 사는 집, 신이 사는 집, 모두 돌담을 두른 것을 보면 돌은 생존을 위한 구조물인 것이다. 돌담은 바람을 막아주고 경계를 확정하며 기르는 동물을 보호해준다고 하며 주거와 농업, 목축, 어로 생산력을 담당했던 역사적 의미를 갖는 대표적인 문화경관이라고 한다.

돌담은 제주만이 연출해 낼 수 있는 가장 독창적인 경관이기에 제주의 돌담이 세계문화유산으로 인정받기를 희망하는 마음이 간절하다.

낭만 분위기로 인한 잊을 수 없는 돌담길, 내 감성을 북돋아주는 돌담길의 아침 산책은 몸과 마음에 활력을 솟게 한다. 느리면서 생생하게 살아가는 방법을 터득하게 해주는 곳, 내가 즐겨 걷는 돌담길이다.

새로운 안식처에서

제주도에 온 지 4개월이 지났다.

내가 머물고 있는 이 지역은 무위자연의 이상향의 세계다. 환상적이면서 인간과 자연, 산과 풀, 나무와 새, 경계를 허물고 조화의 세계를 나타내고 있으나 날씨만은 하루에도 변덕이 심한 곳이다. 2월의 제주는 광풍이 불다가도 금새 고요해지고, 잠시 비가 오다가도 반짝 해가 얼굴을 내민다. 다시 눈발이 쏟아지며 혹독한 추위가 계속되던 이상기후의 연속이었는데 입춘과 우수가 지나면서 봄이 본격적으로 밀려온다.

3월에 들어서면서는 훈훈한 바람이 불고 햇빛도 좋아 따뜻한 날씨가 계속되고 있으니 봄이 오는 소리, 꽃이 피는 소리를 들고 있다.

살아가면서 우리는 존재에 대한 만남을 갖게 된다. 만남의 존재를 통해 그 존재를 알게 되고 이해하게 되고 깨달음으로 이어지며 인식 전환도 하게 된다.

어제와 같은 오늘을 제주에서 보내면서 예전과 다른 내 마음, 행동, 평생 안 하던 짓을 하는 요즘이다. 사람이 안 하던 짓을 하면 죽을 때가 된 것이라는 말도 있지만 설사 내가 그렇다 하더라도 전과는 달리 길에서 나서 길에서 살아가는 길고양이들의 처지를 안쓰러운 마음으로 지켜보는 지금의 내가 좋다고 나에게 이야기한다.

나는 이 나이 되도록 살아오면서 편견 때문에 길고양이를 좋아해 본 적이 없다. 그런데 길고양이에게 도움을 받은 일이 내 마음을 움직이는 계기가 되었고 고양이와 좁쌀 같은 작은 인연으로 고양이에 대한 편견을 버리는 기적으로 길고양이들에게 관심을 갖게 되어 선한 눈으로 보게 된 것이다.

나는 매일 아침 일어나면 바로 정수기에서 물 한 병을 받아가지고 밖으로 나와 아파트 단지 내의 길고양이들의 급식소로 간다. 길고양이들을 돌보는 캣맘은 참으로 부지런한 봉사자이다. 아침 일찍 가보아도 어느새 들고양이들이 먹을 사료를 가득 담아 놓았고 마실 물도 잔뜩 부어 놓은 것을 보게 된다. 고양이들을 돌보는 사람이 누굴까 궁금한 마음으로 한 번쯤은 캣맘을 만나고 싶은데, 급식소를 다녀가는 시간 차이로 엇갈리는 통에 만날 수가 없다.

식량이 넉넉하게 놓여 있는 것을 보면 오늘은 고양이들이 잘 먹겠구나 하는 마음이 들어 안심이 되나 종종 급식소에 먹을 것이 없이 텅 빈 밥그릇, 빈 물그릇만 있을 때가 있다. 그런 날은 음식을 주는 캣맘이 육지로 나간 날이라고 아파트 관리하는 분이 알려 주었기에 먹을거리가 없는 날은 고양이들의 끼니가 걱정돼 그런 날은 내가 사료를 사다가 그릇에 채워놓고 물도 가득 부어 놓는다. 사료는 있는데 물이 충분히 없을 때를 대비해 물병을 항상 준비해 나간다. 급식소를 찾는 길고양이들의 종류는 흰 고양이, 검은 고양이, 누런 고양이, 얼룩 고양이들인데, 나를 보면 황급히 담을 타 넘어 쏜살같이 달아난다. 고양이들은 나에게 경계심을 풀지 않고 있다.

고양이 급식소를 돌아본 후, 나는 커피 한 병을 들고 야외 의자에 앉아서 새 소리를 들으며 상쾌한 기분으로 여유 있는 아침 시간을 누린다. 로마 시대의 철학자들은 '스콜레(schole)'를 강조했다. 스콜레는 여유란 뜻으로 자연의 순리를 따르는 삶을 추구하는 것이다.

나는 속도의 변화가 빠르고 경쟁의 강도가 더욱 높아지는 인고의 시대를 살면서 눈앞에 닥치는 일들에만 매이며 유한한 시간을 치열하게 살았다. 치열하게 산다는 것은 자신의 삶에 몰입하여 주어진 삶의 시간들을 촛불처럼 남김없이 불태우며 여유 없이 산 삶이다.

인생을 이해하는 것이 연륜이고 감출래야 감출 수 없는 것이 내 연륜임을 인정하며 아는 얼굴도 없고 마음이 통하는 사람도 없는 낯선 곳에서 겸손한 마음으로 내가 누구인지 내가 어떻게 살고 있었는지 지나온 내 삶을 골똘히 진실하게 돌아보게 된다. 이제는 내게 남은 짧은 여생을 뜨겁게 살아야 하는데 무엇을 어떻게 사는 것이 뜨겁게 사는 것인지 고민하게 된다.

인류에게 문학적 영감을 쉬지 않고 전해준 고양이들이다. 헤

밍웨이는 고양이들을 아껴 그의 작업실에는 다양한 고양이들이 머물렀다고 한다. 알버트 슈바이처에게는 인생의 고통들로부터 유일한 탈출구가 음악과 고양이였다고 한다.

고양이를 사랑하는 사람들이 있는가 하면 고양이들을 혐오하며 공격하는 사람들도 있으나 고양이들은 싫어하든 좋아하든 별로 신경 쓰지 않고 받아들여야 하는 것이 길고양이들의 삶인 것 같다.

글을 쓰는 사람들은 자기 인생을 뜨겁게 사랑하는 사람들이며 생명을 따뜻한 시선으로 바라보며 사는 사람들이고 글을 써야만 살 수 있는 사람들이다. 나도 그렇다. 내 영혼을 돌보며 육신의 건강을 유지하며 글을 잉태하고 또 탄생시키는 삶을 살고 싶다. 자연의 숲이 울창한 제주, 새로운 영역에서 적적하고 외로워 들고양이들과 침묵의 대화를 나누는 조용한 안식의 생활에 감사한다.

오늘도 나 홀로 앉아 한가로이 커피를 마시며 여유 있는 시간을 즐기나 내가 거주하며 산 세월 저쪽의 추억이 그리움으로 다가와 해일처럼 나를 덮친다.

개나리, 또다시 볼 수 있을까

부드러운 바람이 불고 햇살도 따뜻해 봄기운이 완연한 4월의 봄날, 나는 아침부터 외출준비로 마음이 설레었다. 그간 바이러스 광풍이 무서운 속도로 번지자 자신과 가족의 안위를 지키기 위해 만남의 약속을 연기했었는데, 봄이 온 길목에서 미루었던 그 만남이 이행된 것이다.

나는 버스를 이용해 만남의 장소에 도착했고, 안성수 교수님(수필오디세이 발행인)과 김순희 선생님(수필오디세이 편집장) 두 분의 마중을 받으며 몇 달 만에 해후의 기쁨을 가졌다. 우리 일행은 식사를 함께하며 담소를 나누었다. 사람과 사람이 연대감을 갖는 행복한 시간이었다.

식사를 마친 후, 안 교수님께서 제주대학교 교정에 봄꽃들이 아름답게 만개했다면서 개나리를 구경하시라며 제주대 교정으로 안내해 주셨다. 제주대 입구에서부터 양쪽 길가로 열 지어 피어있는 연분홍색 벚꽃들의 전경은 경이로운 일품이었다.

캠퍼스에는 마른 가지마다 돋아나는 새싹에 꽃이 피고 훈풍이 불고 만물이 소생해 오르는 광경을 보는 것은 감격스러웠다. 교정에 핀 노란 개나리꽃들을 보는 순간 '와, 개나리다!' 절로 탄성이 나왔다. 마치 이산가족 상봉하듯 반가운 감격의 순간, 살아 있음에 기쁨을 느꼈다. 안 교수께서는 개나리꽃을 배경으로 멋지게 사진도 여러 장 찍어주었다. 개나리에 대한 내 그리움의 갈증을 기억하신 교수님께서 그 갈증을 해소시켜 주기 위해 캠퍼스 정원으로 안내한 배려의 마음에 감동과 감사로 내 가슴이 행복으로 충만했다.

내가 한국을 떠난 계절은 개나리, 진달래가 아름답게 핀 봄이었다. 내 젊음도 그 봄 속에 있었다. 온 천지에 봄 향기가 가득한 봄날에 나는 가수 패티 김이 부른 〈이별〉이란 노래를 생각하면서 작별의 뜨거운 눈물을 흘리며 한국을 떠났던 기억을 잊을 수가 없다.

50년 해외 생활에 영상으로나 사진으로는 개나리를 보았지만 실제로는 한 번도 보지 못한 그리움의 꽃이다. 그동안 여러 차례 한국을 방문했으나 공교롭게도 가을이나 겨울에만 한국에 오게 되어 한국의 봄은 물론 봄꽃들을 반평생 보지 못하고 늘 그리움의 대상이었다. 이번 고국 방문에서는 개나리꽃이 피는 한국의 봄을 보고 돌아가겠다는 일념으로 겨울을 이곳에서 지내며 봄을 기다린 것이다. 추운 겨울을 견디어낸 인내의 대가로 받는 자연의 선물이다.

개나리는 유채꽃과 노란색 꽃을 피우는 대표적인 봄꽃이다. 언 땅에서 겨울을 보내고 봄에 피는 꽃에는 노란색이 많다. 추위를 이겨낸 빛깔이다. 그래서 노란색은 희망으로 이야기한다. 개나리는 추위와 공해에 강해 우리나라 어디서나 잘 자라는 토종 꽃이라고 한다. 인고의 세월을 견디어 온 우리 역사와 정서를 품고 있는 한국의 꽃인 것이다.

생명이 있는 것은 모두가 아름답다. 그러나 언젠가는 사라지므로 안쓰럽다. 세상 만물에는 등장과 퇴장이 있지 않은가, 대

자연의 변신을 경이롭게 바라본 계절의 봄, 이 봄도 멀지 않아 가고 나면 개나리도 시들며 땅 위에 낙화할 것이다. 마음은 아프나 오늘의 고운 개나리의 한때를 추억으로 오래 간직할 것이다. 초로의 내 인생에 또다시 개나리를 볼 수 있을까 하는 의문을 남기면서 나는 태평양을 건너 다시 내 집을 향해 돌아가야 하리라.

길 위에서

우리의 삶은 길 위에서 펼쳐진다. 찾아가기도 하고 찾아오기도 한다. 삶의 현실은 길을 따라가며 길이라는 배경에서 벌어지는 일들이 만남이다.

이번 겨울, 나는 헤어져 있는 가족이 그리워 하늘길을 비행하여 제주도에 안착해 겨울을 가족과 함께 지냈다. 겨울의 상징은 추위가 아니라 눈이라고 하나 나는 추위에 약하다. 독한 감기로 고생을 했으나 때때로 눈이 오는 날이면 산과 들, 거리도 은색의 세계로 변하고 가지마다 아리따운 백화가 피는 광경을 보는 것이 행복했다. 그 어떤 빛깔이 이 순백의 우아함을 쫓아갈 수 있겠는가.

세상의 추한 것들을 모두 덮어버리며 흰옷으로 갈아입혀 주는 축복의 선물, 눈이 내리는 날에는 그 백색의 미에 내 마음마저 순수해진다.

고국을 떠나 사막의 도시, LA에서 반백 년을 설경을 보지 못했는데 제주의 설경은 내게 톡톡히 보상해 주는 것만 같다. 그런데 눈도 양면성이 있었다. 눈이 겨울의 꽃으로 낭만만은 아닌 재난이 된다는 사실도 알게 되었다.

2018년 1월 중순경, 제주 산간에 내린 폭설은 50cm라고 했고 도시에 내린 눈은 20cm가량 된다고 한다. 제설작업이 원활치 못한 탓에 도로에 내린 눈이 얼어 빙판이 되어 운행하던 많은 차량이 미끄러지며 부딪치고 부서지는 사고들이 사방에서 다발로 발생하므로 교통도 마비되었다. 매스컴들이 눈사태로 인해 항공기가 지연되거나 결항된다는 보도이다.

뉴스가 전해진 다음 날 나는 제주를 떠나 귀가해야 하는 날이었다. 난감한 일이 벌어진 것이다. 급히 서울 여행사에 연락을 취하니 LA행 비행기는 예약일에 탑승하지 못하면 한 달 내내 좌석이 없다는 절망스러운 직원의 설명만 들었을 뿐이다.

앞이 캄캄했다. 떠나지 못하면 내 생활에 모든 스케줄이 엉망이 되는 판이 아닌가. 앞이 캄캄할 때 기도밖에 없다는 믿음으로 기적의 손길을 구하는 기도를 드렸다. 다음날 부딪쳐 보자는 심정으로 아침 일찍 가방을 챙겨 들고 버스에 올랐다. (당시 대형버스만은 운행이 가능했다.) 버스 역시 미끄러운 길을 조심히 가다 보니 1시간이 넘게 걸려 공항에 도착했다.

공항 청사 내로 들어서서 내가 목격한 광경은 지연이나 결항으로 오도 가도 못 하고, 발이 묶인 수백 명 탑승객들의 초라하고 궁색한 모습들로 얇은 담요 한 장씩을 덮고 웅크린 채 잠들어 있는 모습들이 아닌가. 마치 난민 수용소를 방불케 했다. 아니, 이럴 수가 충격적인 광경에 놀라움이 컸다.

세계에서 가장 바쁜 공항이 제주공항이라고 한다. 하루에 뜨고 내리는 여객기 수가 평균 200개 정도라고 하니 지연이나 결항 시 일어나는 탑승자들의 피해는 엄청난 것이다. 두렵고 신비한 위력을 가진 것이 내리는 눈이다.

내가 탑승해야 할 비행기 역시 연착되어 그들처럼 실내바닥에 앉아 소책자를 보기도 하고 날개 달린 새가 되어 하늘을 날아 내 집으로 가는 상상도 하며 시간을 보내는 동안 상식적으로 이해되지 않는 기적이 일어났다. 내 비행시간보다 한 시간 앞서 출발해야 하는 비행기는 여섯 시간이 지연되고, 내가 탑승해야 하는 비행기는 세 시간이 지연된다는 것이다. 내 다음 비행기는 아예 결항이 된다는 안내방송이었다.

순서대로라면 내가 탑승해야 할 비행기가 여섯 시간이 지연 되어야 하는 것이다. 내가 탑승해야 할 비행기가 여섯 시간 지연이었다면 나는 인천공항에서 출발하는 LA행 비행기를 탈 수 없는 상황이라 돌아올 수 없었다. 세 시간이 연착된 비행기에 탑승할 수 있어 나는 제주 하늘을 벗어나 토랜스 내 집으로 돌아올 수 있었다. 기도의 힘이 기적을 만들어 주신 것이라고 나는 굳게 믿으며 그 은혜에 감사한다.

나는 제주의 겨울, 겨울의 꽃이 부른 그 재난을 역력히 기억하고 있다. 그리고 내린 눈의 잔영이 좀처럼 눈앞에서 사라지지 않는다. 불의의 재난이 소리 없이 엄습해 왔을 때, 자연 앞에 인간은 나약하고 초라하다는 것을 길 위에서 직접 체험한 겨울이었다.

하얀 별이 되어
-고 김봉오 원장님 영전에

어렵고 힘든 시대를
가슴으로 안아 내면서도
투명한 하늘빛으로 밝혀
한세상 살다 가신 이가
여기 있습니다.

아픔과 그리움, 이슬처럼 맑게 익혀
의리와 정, 위로와 사랑을 나누면서
봄볕처럼 따스하게 살다 가신 이

제주를 사랑하며

제주문화와 역사를 아끼며
문화계 교육계에
큰 공헌을 하시며
제주에 등대 되어 제주를 사랑하신 이

세상의 학문, 지식도 높았고
뜻은 바다처럼 깊었어도
스스로 고고하지 않으시고
주변의 친구로 살다 가신 이

보십시오, 꽃잎 지듯이 육신도 지고
슬픔이 많던 인생 여정도 끝나, 하얀 별 되던 날
가슴에 담고 살아 온 바다는
갈매기의 울음소리, 요동치는 파도 소리로
죽어서 더욱 살아계신 이

아! 한 생애 사르어 사랑으로 타오른 해 맑은 영혼

하얀 별이 되어 하늘로 돌아가셨습니다
풀꽃 내음 같은 사랑의 향기를
가족들 가슴에, 우리들 가슴에
주고 가신 이가 여기에 있습니다.

이숙 선생님 영전에

선생님, 선생님이 우리 곁을 떠나셨다는 비보를 듣는 날, 안타까운 마음에 눈물을 흘렸습니다. 3월이 오면 제주에서 서울로 올라가 류인혜 선생님과 같이 선생님을 찾아뵙기로 약속을 했었는데, 이제는 그 약속이 물거품이 되고 말아 더욱 가슴이 아픕니다.

선생님은 한 마리의 학처럼 조용히 우리 곁을 떠나 안 계시지만 제 마음에 존재해 계신 선생님의 사랑과, 함께 했던 아름다운 추억들을 떠올리며 이 글을 씁니다.

선생님과 보배로운 인연은 25년 전에 맺어진 문단의 선후배 사이였습니다. 한국을 방문할 때에는 한국수필 사무실에 들러 조경희 선생님과 선생님께 인사를 드리곤 했습니다. 그때마다 두 팔 벌려 포옹으로 반겨주고 맛있는 음식도 대접해 주셨던 고마운 일들을 잊을 수가 없습니다.

2001년 10월에 한국수필가협회와 제가 초대회장으로 일하던 재미수필문학가협회에서 미국에서 처음으로 〈다문화 시대의 수필문학〉이란 주제로 공동 주최하여 해외심포지엄을 개최했습니다. 두 분 선생님께서는 그 먼 길을 오시면서 재미 수필가들에게 선물이라며 김이 든 큰 박스를 전해주셨던 일은 결코 잊을 수 없는 감동이었고 수필가들에 대한 사랑이셨습니다.

그때만 해도 해외에서 한글로 글을 쓰는 문인들이 본국 문단에서는 크게 인정받지 못하는 그런 시절이었습니다. 조경희 선생님과 선생님께서는 언어와 풍습이 다른 사회에서 힘들고 외로운 이민의 삶을 살아가며 글을 쓰는 재미 수필가들을 격려해 주시며 높이 평가해 주셨습니다.

저는 그때 조경희 선생님께는 어려워 차마 말씀을 못 드리고 선생님께 해외수필가들에게도 힘을 실어주시는 해외문학상을 제정해 달라는 간곡한 부탁을 드렸고 서울로 돌아가신 후,

2003년에 한국수필 해외문학상이 제정되어 좋은 작품으로 선정 받은 재미수필가들이 줄줄이 상을 받는 기쁨과 영광을 안겨주셨습니다. 선생님은 행동하는 지성인의 큰 공헌을 보여주셨습니다.

수필 문학 발전에 적극적으로 기여하며 한국수필을 이끌어오신 선생님의 수고가 유난히 큰 한 줄의 빛으로 다가옵니다.

선생님이 가신 천국에서 조경희, 김병권 선생님도 계시니 그곳에서 수필 이야기하시며 이승에서 못다 한 정 나누시기를 바랍니다.

선생님은 생존해 계실 때 홀로 쉬지 않고 노래를 부르셨다는 얘기를 들었습니다. 가수 못지않게 〈장녹수〉나 〈서울의 탱고〉를 멋지게 부르시던 그 모습이 잊지 못할 그리움으로 남습니다.

선생님, 고통이 없는 천국에서 이승에서 짊어지셨던 삶의 무게를 다 내려놓으시고 좋아하는 노래를 맘껏 부르면서 편안히 쉬시기를 바랍니다.

사랑하는 선생님, 고생 많으셨습니다.

문화의 차이

부활절인 일요일, 가족이 섬기는 교회에 밝고 화사한 옷차림을 하고 예배에 참여했다.

그런데 참으로 민망했다. 내 옷차림이 너무 튀어 사람들의 시선이 집중되었기 때문이었다. 평소 주일과 다름없이 교인들은 캐주얼한 옷차림, 색깔이 화사한 옷차림의 교인은 없었다. 미국에서는 부활절에 교인들은 밝고 화사한 옷차림으로 예배를 드리고 나누어 주는 계란에도 형형색색 색깔을 입힌다. 제주에서 보내는 부활절에는 역시 색으로 물들인 계란은 아예 없었고 구운 계란을 2개씩 부활을 축하한다는 봉투에 넣어서 선물로 나누어 주었다.

어쨌든 미국에서 지키는 부활절은 기독교인들에게는 명절과 같은데 제주에서 지내는 부활절은 너무나 평범해서 의아했다.

한국에서 생활하면서 한동안 나는 '아주머니'라는 단어를 주로 사용했다. 그랬더니 '아주머니'라는 말 대신에 '이모'나 '여사님'이라고 해야 한다고 딸이 일러주었다. '아니, 친척도 아닌데 왜 이모라고 부르지?' 의문이 들었지만 로마에 가면 로마의 법을 따르라는 말이 생각나서 침묵했다.

그 후로 유심히 주변을 살펴보니 손님들은 물건을 살 때나 음식을 주문할 때 '이모'하고 불렀다. 또 아파트 청소하는 분에게도 '여사님'이라고 부르는 것이 아닌가.

사람은 누구나 관계의 홍수 속에서 존중받기를 원하는 것이다. 존중받고 싶다면 먼저 상대를 존중할 줄 알아야 한다는 이치인 것 같은데, 서로를 오래, 거듭해서 바라볼 때 존중하는 마음이 싹트는 것이 아닐까 하는 생각도 들었다.

제주에서 가장 많이 듣는 말이 '삼촌'이다. 내가 이곳에 와서 타인으로부터 처음 들었던 말도 '삼촌'이었다. 그 말을 들었을 때, 나를 그렇게 부르는 사람을 나 혼자 생각으로 약간 정신에 문제가 있는 사람이 아닌가 싶었다. 삼촌은 아버지나 어머니의 형제들을 부르는 호칭이 아닌가, 그런데 이곳 제주에서는 남녀 구별 없이 일반적으로 부르는 호칭이 '삼촌'이라는 걸 새롭게 알게 된 것이다.

아파트 주차장에 주차되어있는 차들을 보면서 미국에서 차 주차하는 방식과는 다른 광경임을 보게 된다. 미국에서는 주차할 때 차 앞쪽이 먼저 들이밀어 주차하는데 이곳에서는 차 뒤꽁무니부터 넣는 후진 방식이다. 쉽게 얘기하면 미국과 한국은 반대로 주차하는 것이다. 어떤 분의 말씀이 한국은 주차공간이 좁아서 그렇게 주차해야 쉽게 차를 움직이며 출발할 수 있기 때문이라는 설명에 비로소 이해되었다.

필요한 음료수가 있어 아파트 근처에 있는 편의점 CU란 곳에 들러 음료수가 진열된 곳에서 내가 필요한 음료수를 찾고 있는데 갑자기 '어르신, 어르신' 하는 소리가 계속 들려 실내를 둘러보니 손님은 없었고 오직 나 한 사람뿐이었기에 카운터 주인께 나를 부르시는 것이냐고 물었다. 점장이 "무엇을 찾으시는지 도와드리겠다."는 친절한 말씀이었다.

계산을 마치고 편의점을 나오며 '어르신'이라고 불러준 그 호칭에 묘한 기분이 들었다. 처음 듣는 호칭이었다. 미국에서는 겨울 인생에 있는 나이지만 나를 부르는 호칭은 '미쎄스 김' 내 이름인 '영 킴' 또는 '선생님' '권사님'이다.

집에 돌아와 어르신이라는 단어를 검색해보았다. 노인을 칭하는 순우리말로 공경의 대상을 높여서 이르는 말이라고 적혀 있었다. '할머니'라고 불러도 되었을 텐데, '어르신'이라고 불러준 편의점 주인의 인품에 감사한 마음이 뒤늦게서야 들었다. 새로운 것을 친숙하게 받아들이기 위해서는 제주에 체류하는 동안 나는 내가 어르신임을 가슴에 새기며 언행을 조심하며 존경받는 어르신에 합당한 품격을 잃지 않도록 신경 써야 한다고 스스로 다짐하는 계기가 되었다.

문화의 차이란 각 나라마다 생활 방식이나 태도, 풍습, 표현하는 언어가 다름이 문화의 차이다. 상대방의 느낌, 행동, 말, 사고방식이 나와 전혀 다르다는 것에 갈등을 경험하면서 문화는 보이지 않지만 존재하고 있다는 것을 알게 되며 새로운 풍물과 문화를 접하면서 내 지식과 생각의 폭이 넓어진다.

누군가 행복해질 수 있다면

조석으로 쌀쌀하더니 가을의 맑은 하늘이 펼쳐져 있다. 자연의 빛깔이 바뀌고 감이 익어간다. 길가에 핀 코스모스도 은빛 억새풀도 가을의 정취를 보탠다.

가을 하늘 아래 변모되어가는 자연의 모습은 해마다 같은 것이지만 경이롭다.

아직은 단풍이 들지 않고 무성한 잎들이 떨어지지 않고 있지만, 곧 가을이 깊어지면 모든 것은 떨어지며 다시 흙으로 돌아갈 것이다. 우리네 인생도 지는 가을의 낙엽과 무엇이 다르겠는가, 때가 되면 우리도 흙으로 돌아간다. 가을이 오면 우리의 정서는 으레 허망함과 쓸쓸함, 애상과 애수를 느끼지만 가는 세월이나 자연과는 아무 상관이 없다. 하늘이나 나무, 숲 자연은 자기의 모습을 그대로 꾸밈없이 보여 줄 뿐이다.

도시의 문명에 휩쓸려 우리는 중요한 것을 까맣게 잊고 살 때가 많다. 그런 우리에게 가을은 어떻게 살아 어떤 죽음을 남겨야 하는가를 낙엽을 통해 가르침을 주며 인생을 생각하고 결실을 배우라고 한다. 슬기로운 눈을 떠 자신의 모습을 살피고 저만치 돌아온 길을 되돌아보게 하며 다시 옷깃을 여미게 하는 계절이다. 자연과 인간이 공존하는 제주에서 일 년 살이를 하면서 나는 숲이 무성한 자연 속에서 생활을 하며 지냈다. 아침이면 숲의 정기를 마시며 자연의 길을 걸었고 때때로 숲속의 길을 운전하며 달리기도 했으며 자연을 바라보며 사색도 했다. 자연을 바라보며 사색하는 시간을 갖는 것은 시들해진 내 영혼에 물을 주는 시간이고 지적, 정서적 변화를 일으키는 배움의 시간이 되기 때문이다.

자연은 꾸미지 않는다. 있는 걸 없는 체, 없는 걸 있는 체, 추한 것을 아름답게, 치장하거나 위장하지 않고 있는 그대로의 모습을 보여준다. 굳이 자신의 존재를 드러내려고 애쓰며 서두르지도 않는다. 때가 되면 싹이 트고, 잎이 지고, 꽃이 핀다. 자연이 위대한 것은 바로 이런 자연스러움이고 또 그 자연스러움이 겸손이다. 겸손은 자연처럼 있는 그대로의 자신의 모습을 보여주는 것이 아닌가 싶다.

가을은 고요하고 엄숙하다. 가을 나무들은 노랗게, 붉게 물들며 아름답게 자신의 종말을 준비하고 있다. 우리네 인생도 길어봐야 백 년, 때가 되면 우리도 저 낙엽처럼 다시 흙으로 돌아갈 텐데, 인간들은 어리석게도 헛되고 헛된 일에 아옹다옹 열 내며 살고 있는 우리의 경박함이 부끄러워진다.

시인 랠프 월도 에머슨은 그의 시 〈무엇이 성공인가〉에서 이렇게 말했다. 세상을 조금이라도 더 좋게 만들고 떠나는 것, 당신이 살았으므로 해서 단 한 사람의 인생이라도 행복해지는 것 이것이 진정한 성공이라고 했다.

얼마 전 KBS를 통해 프란치스코 교황이 우리나라 청년들에게 보내는 메시지를 보게 되었다. 교황의 말씀은 나이 든 세대는 젊은 세대의 지붕이 아니고 뿌리라고 하시며, 뿌리에 상처가 있으면 가지가 건강해질 수는 없다고 하시며 뿌리로서 그들을 받쳐주고 스스로 열매 맺게 해야 한다고 하시는 말씀을 들으며 나이 든 내 가슴에 큰 울림을 주었다. 뿌리에 상처가 있으면 가지가 건강해질 수는 없는데 어디서부터 돌봐야 할 것인가, 고민이 된다.

요즘 세상에서 어른이 되는 건 정말 힘들다. 라떼를 고집하는 꼰대가 아니라 겸손으로, 따뜻함으로, 온유함으로 다른 사람에게 힘을 부여하는 사람, 특히 젊은이들과 소통하며 그들을 존중해주며 아름다운 배경이 되고 뒷받침이 되어주는 덕을 끼치는 사람이 되도록 실천하고 노력해야 한다는 깨달음이 숙연한 아픔으로 왔다. 노력해야겠다는 의욕이 바로 소망하는 것을 이룰 수 있는 원천이 될 것이다.

삶은 외롭게 갇혀 지내기 위한 것이 아니라 함께하는 것, 동행하는 것이 인생이기에 나로 인해 누군가 행복해질 수 있다면 잘 나이 든 건강한 뿌리의 표본으로 성공한 삶이 될 것임을 이 가을에 생각해본다.

한 해를 보내면서

또 한 해가 저물어 간다. 세모가 되면 한 해가 막을 내리는구나 하는 무상감까지 겹쳐 쓸쓸한 마음이 드는데 강풍이 불고 눈비가 내리니 더욱 허전하다. 차를 마시며 눈비 내리는 창밖을 바라본다.

눈비를 맞고 서 있는 나무들이 시야에 들어온다. 비어있는 가슴을 열고 눈비에 젖은 얼굴로 서 있는 나무들의 모습이 왠지, 내 모습 같아 마음에 고인 눈물이 비처럼 가슴속을 타고 내린다.

사람은 건망증 덕택에 무수한 고난과 파란 속에서도 지난 일들을 거뜬히 잊고 살아오긴 하지만, 12월만은 다르다. 잊어 버렸던 일, 또 생각하지 않고 살아오던 모든 일들이 밀물처럼 한 꺼번에 밀려오며 생각난다. 일이 잘 되어 감사한 일도, 고통스러운 일도 많았지만 세월의 영광과 상처가 이모저모 고개를 든다.

하고 싶었던 일, 소홀했던 일, 이루지 못한 일, 두루 아쉬움이 떠오르며 후회 감에 젖게 되니 안타까운 일이다. 잘 한일보다 잘못한 일들이 많고 그에 따른 아픔도 크다. 그래서 사람들은 망년회라는 자리를 마련하는 것인지도 모른다.

그러나, 다시 생각해보면 부족했던 점을 깨우치게 하는 것도 바로 이 세모여서 시간의 여울목이 고맙게도 여겨진다.

12월이 되기까지 나는 제주에서 1년 동안 살아오면서 새로운 환경에 적응에 가며 이곳 생활 문화를 배우노라고 꾀나 스트레스를 받으며 힘들게 지내왔으나 즐거운 일도 많았다. 내 평생 알지도 못했고 구경도 못한 음식들을 이 제주에 와서는 수시로 먹으며 감탄했고 탄산 온천이 집 가까이 있어 즐겨 찾곤 하며 나름대로 행복한 시간을 보내다 세모에 들어서서야 인연의 굴레를 재인식하며 인간관계에 눈을 뜬다.

오랫동안 잊고 지냈던 사람이 그리워 펜을 들어 문안엽서나 성탄카드를 쓰고, 안부를 묻는 이 메일을 전송하고, 전화를 걸어 목소리를 듣고, 만나서 회포를 풀자고 약속도 하는 일들은 세모에 눈을 뜨게 되는 인간관계이다. 평소에는 남의 일에 무관심 했던 사람들도 어려운 처지에 놓인 사람들에게 추운 마음을 녹여주는 "자선"에 참가 하게 되고 떠들썩한 모임을 갖는 것도 세모의 특징이다. 이런 심정적 교류는 인간관계에 유대감을 강화시켜 주는 아름다운 미풍이 감도는 일이다.

세모의 특징 중, 망년회라는 모임의 자리가 있다. 송구영신의 뜻에서 묵은해의 모든 근심 걱정을 잊고 빈 마음, 깨끗한 마음으로 새해를 맞이하겠다는 뜻이 담긴 모임이다. 그러나 누구나 느끼는 바와 같이 요즈음 연말 송년회의 풍경은 애초의 의도와는 달리 모여 먹고, 놀고, 떠들고, 춤추고 노래하는 화려한 잔치 놀이들로 계속 되고 있다.

외국인들은 조용한 세모를 지낼 뿐만 아니라 경건한 종교의식, 가족중심의 단란한 모임, 자선 사업 등으로 한 해의 마지막을 뜻있게 마무리 짓는 다고 한다. 그런데 우리는 너무 떠들썩한 송년 문화다.

한 해를 보내면서 마지막으로 지녀야 할 망년의 자세가 자기 내면에 대한 성찰이요, 또 살아온 삶을 되돌아보는 회고라 할 때 떠들썩한 소리 대신 고요한 명상이, 저 불야성의 잔치 대신 낮은 목소리의 기도가, 또 이웃에 퍼지는 따뜻한 배려가 있음이 실로 바른 송년이 되지 않을까 한다.

아픔이나, 괴로운 일일망정 가득히 담겨 있는 것이 삶의 무게이다. 그 삶은 순간마다 아름답고 소중하다. 자신의 보람 있는 삶을 가꾸기 위해 우리는 연말의 시간을 잘 쓰며 새로운 꿈을 꿔야 할 것 같다. 꿈은 내일을 향한 소망의 하늘빛이기 때문이다.

소망의 기도

팬데믹 속에서도 계절의 겨울이 왔고 한 해를 보내야 하는 석양의 길목에 서 있다. 또 한 해를 마감하는 세월 앞에 서게 되니 내 모습이 초라하다. 백발만이 성성하고 윤기 없는 얼굴엔 주름만이 더 패어 있다. 해마다 세모가 되면 다사다난했다고 말해 왔지만, 작년에 이어 올해도 그런 말로 부족감을 느끼리만큼 엄청난 일들이 발생했었다.

코로나바이러스, 오미크론이라는 무시무시한 균이 세계와 도시, 마을을 휩쓸면서 수십 만의 생명을 삼켜버리는 잔혹한 죽음을 지켜보았다. 따사로운 인간애, 자유로운 삶의 몸짓과 꿈을 없애며 좌절케 했고 생활을 잃어버리게 했다.

세모는 결산하는 달이고 반성하는 달이다. 금년도 다른 사람들의 불행이나 죽음을 먼발치에서 구경만 하는 꼴이었다. 사람과 사람이 어울려 사는 세상을 잃은 것이다. 감사를 표시하는 즐거움도 없다. 세모의 인사장과 선물을 주고받는 정의 표현, 가까운 친지나 선후배 사이 외에도 생활 주변에 서로 크고 작은 도움이 되었던 사이에도 제대로 감사 표시를 하는 즐거움도 가질 수가 없다.

일 년 동안 웃음을 잃고 가슴 졸이며 오늘보다 내일이 나아지겠지, 기대하는 기다림으로 견뎌낸 시간이었다. 이제 2021년이 역사의 그늘 속으로 묻히며 우리들 곁을 떠난다. 앓던 이 빠지듯 섭섭한 마음보다 속 시원한 마음으로 새로운 한 해를 맞고 싶다. 어둠 끝에 새벽이 오듯이 밤의 깊이를 지나면 해는 또다시 떠오르는 이치이다. 사람은 새것을 만나면 언제나 새로운 감정이 생긴다.

새 아침의 태양은 시작이요 진행이며 희망이 아니겠는가, 그래서 사람들은 새롭다는 것에 집착하고 좋아하며 받아들이고 새로운 의미를 부여하게 된다. 비 온 뒤에 땅이 단단히 굳어진다고 새해에는 오늘의 시련과 아픔을 극복하고 어려운 고비에도 굴하지 않고 일어서는 한 해가 되기를 간절히 바라는 마음이다.

새날을 맞이한다 해도 황혼 길에 접어든 나는 내일은 모른다는 심정이기에 특별한 계획도 희망도 없이 그저 담담할 뿐이다. 담담함이란 뜨겁지도 않고 호기심도 없다는 말이 아니겠는가, 무엇을 이뤄 보려는 욕망에 어울리지 않는 나이가 되어서 그런 것이 아닌가 싶긴 하나 은총의 햇살 아래 은혜로움을 생각하는 간절한 기도는 있다. 내가 바라는 소망을 품고 기도할 때, 신이 처리해 주신다는 말을 믿기 때문이다.

제주에서 보낸 2021년 한 해를 마무리하는 시간을 보내고 새해에는 코로나 팬데믹에서 해방되어 건강하게 살아갈 만한 세상, 우리 모두가 일상의 소소한 기쁨을 되찾아 함께 누리고 양지바른 학교 운동장에서 어린 학생들이 마음껏 뛰어노는 그런 축복이 우리 생활에 다시 배어들기를, 경제가 회복되어 배고픈 사람이 없기를 바라는 것, 사소한 일상의 구체성에 눈길을 주며 꾸준한 글쓰기로 글을 읽는 누군가에게 삶을 흔드는 제주에서

생활하며 경험한 일들을 감흥의 좋은 글을 쓰고 싶은 마음을 빼
놓을 수 없는 소망의 기도이다.

소망, 그것은 인간만이 가지는 가장 찬연한 삶의 빛깔이라는
염원을 세밑의 시간에서 품는다.

김영중 에세이

자연과 예술의 섬, 제주에서

김영중 에세이

자연과 예술의 섬, 제주에서